걷는 사람,
하정우

걷는 사람, 하정우

하정우
글 · 사진

문학동네

신이시여!

당신께서 예비하고 계획하시는 일,

그저 묵묵히 따라 걸어갈 수 있도록

제게 건강한 두 다리만 허락해주십시오.

서문

웬만하면 걸어다니는 배우 하정우입니다

나는 이것저것 만드는 걸 좋아한다. 영화에 출연하고 영화를 직접 만든다. 그림을 그리고 전시회를 연다. 그리고 7년 만에 새 책을 낸다.

최근에 내가 잘 만든다는 칭찬을 받고, 나름대로 자부심을 가지게 된 또 한 가지 재주가 있다면 '별명 짓기'다. 마동석 형은 마동동, 김태리는 태리야끼, 김향기는 김냄새…… 이런 다양한 별명들을 지어서 '별명 장인'이라는 영광스러운 평을 듣기도 했는데, 막상 팬들이 내게 붙여준 별명은 단순하고 강렬하다.

'하대갈.'

내 머리의 범상치 않은 크기 때문에 붙은 별명이지만, 팬들은 좋은 건 크게 봐야 하는 거라며 나의 큰 머리를 꽤 반겨주는 것 같다. 나도 '하대갈'이란 특별한 별명이 맘에 든다.

그런데 나에겐 머리만큼이나 큼직한 신체부위가 있다. 바로 두 발이다. 내 발사이즈는 300밀리미터다. 발이 워낙 크다보니 주로 이태원이나 해외에서 맞는 신발을 구해야 해서 약간 불편할 때도 있지만, 그럼에도 나는 내 '왕발'이 좋다. 가끔 내 큰 머리에 어지러운 생각과 고민이 뭉게뭉게 차오르기 시작할 때면, 그 생각이 부풀어 머리가 더 무거워지기 전에 내 왕발이 먼저 세상 속으로 뚜벅뚜벅 걸어나간다. 머리 큰 내가 발까지 큰 건 분명 축복이다.

정말 발사이즈부터 타고났기 때문일까? 나는 걷는 것을 좋아하고 잘 걷는다. 휴식 시간뿐만 아니라 촬영장에서도 걷고, 아침에 눈뜨면 걷고, 친구들과 술 한잔하고 돌아가는 길에도 걸어서 집에 간다.

사람들은 이동거리를 말할 때 흔히 차로 몇 분, 혹은 몇 킬로미터 간다는 표현을 쓴다. 그러나 언제부턴가 내가 이동거리를 말할 때 쓰는 단위는 '편도 몇 보'가 되었다. 영화 〈아가씨〉를 찍을 때는 영화사가 합정역과 상수역 사이쯤에 있었는데, 나는 강남에서부터 마포까지 거의 매일 걸어다녔다. 출근길 편도 1만 6천 보. 이 정도면 상쾌하다.

별나게 걸어다니며 '걷기'를 통해 내가 배우고 느낀 것들을 열성적으로 전파하는 나를 보고 주변 사람들은 '교주'라고 놀린다. 그리고 나에 대해 잘 모르는 사람들은 이렇게 묻는다.

"엄청 바쁠 텐데 왜 그렇게 걸어다니나요?"
"언제부터 그렇게 걸었어요?"

글쎄, 언제부터였을까? 돌아보면 내가 할 수 있는 일이 오직 걷기밖에 없는 것만 같았던 시절도 있었다. 연기를 보여줄 사람도, 내가 오를 무대 한 뼘도 없었지만, 그래도 내 안에 갇혀 세상을 원망하고 기회를 탓하긴 싫었다. 걷기는 가진 게 아무것도 없는 것만 같았던 과거의 어느 막막한 날에도, 이따금 잠까지 줄여가며 바쁜 일정을 소화해야 하는 지금도 꾸준히 나를 유지하는 방법이다.

이 점이 마음에 든다. 내가 처한 상황이 어떻든, 내 손에 쥔 것이 무엇이든 걷기는 내가 살아 있는 한 계속할 수 있다는 것.

나는 걸음수를 측정하는 피트니스밴드 '핏빗fitbit'을 손목에 차고, 시간이 가듯 나의 걸음이 마일리지로 차곡차곡 쌓이는 것을 내 인생 최고의 흥미진진한 게임으로 여기며 걷

이 점이 마음에 든다.

내가 처한 상황이 어떻든, 내 손에 쥔 것이 무엇이든

걷기는 내가 살아 있는 한 계속할 수 있다는 것.

는다. 걷기 모임을 만들어 친구들과 오늘은 얼마나 걸었나 서로 내기하고 응원하며 계속 걷는다. 내가 사는 도시를 내 발로 걸어다니면서 사람들을 관찰하고, 동네에 연결된 작은 골목길들을 알아가는 게 나는 즐겁다.

그렇다고 내가 언제나 소풍 가듯 가벼운 발걸음으로 집을 나서는 건 아니다. 어느 날 아침에는 나도 하루쯤은 그대로 이불 속에 파묻혀 있고 싶다고 생각한다. 그러나 귀찮음과 게으름을 딛고 일어나 몸을 움직여 걸으면, 이내 두 다리에 힘이 들어가고 멀고 막막해 보였던 세상과 나의 거리가 훅 당겨진다.

이 책에는 내가 배우로서 지금까지 걸어온 길과 내 두 다리로 걸어다닌 길, 그리고 걸으면서 느낀 내 몸과 마음의 변화에 대한 이야기를 담았다. 끊임없이 걷고, 배가 꺼지면 맛있는 음식을 찾아 먹고, 세상으로 난 길에 뛰어들어서 심호흡하며 본능을 찾으려 애쓰는 자연인 하정우의 이야기이기도 하다.

이 책을 통해서 나는 누군가를 가르치거나 내 삶의 방식을 자랑할 생각은 추호도 없다. 사람마다 보폭이 다르고, 걸음이 다르다. 같은 길을 걸어도 각자가 느끼는 온도차와 통점도 모두 다르다. 길을 걸으면서 나는 잘못된 길은 이 세상에 없다는 것을 알았다. 조금 더디고 험한 길이 있을 뿐이다.

그저 내가 지나온 길, 내가 갖고 있는 일상의 매뉴얼이 누군가에게 아주 약간이나마 도움이 된다면, 혹여 쓸 만한 것이 티끌만큼이라도 있어 참고해주신다면 감사할 따름이다.

아침 출근길 1만 5천 보 마일리지를 끊으면서 종종 평생 내가 걷는 걸음은 몇 보쯤 될까 생각한다. 나와 당신은 이 지구에서 총 몇 보를 걷다 갈까?

오늘도 각자의 영역에서 크고 작은 족적을 찍으며 하루를 견딘 우리는 모두 이 지구라는 별을 굴리고 있는 길동무다. 당신이 휴일에 동네친구와 가뿐하게 산책하는 기분으로 이 책을 읽어준다면 좋겠다.

2018년 11월
하정우

차례

서문 웬만하면 걸어다니는 배우 하정우입니다 · 6

1부 하루 3만 보, 가끔은 10만 보

말 한마디에 천릿길 걷는다
577킬로미터 국토대장정 끝에 내가 배운 것 · 19

기분 탓인가?
그런 생각이 들 때는 그냥 걸어 · 29

왜 자꾸만 나를 잃어버리지?
내 숨과 보폭으로 걸어야 할 때 · 35

하체가 상큼해지는 시간
강남에서 김포공항까지, 나의 걷기 다이어트 · 42

내 인생의 마지막 4박 6일
걷는 사람들의 천국, 하와이 · 48

휴식은 가만히 누워 있는 게 아니야
하와이에서 도망치고 싶었던 어떤 날 · 56

'생보'와 '제뛰'를 사수하라
참 쉬운 하루 3만 보 걷기 교실 · 61

10만 보 일기
사점을 넘어 계속 나아가기 · 70

눈물고개를 지나면 반드시 먹고 쉴 곳이 나올 거야
우리집 큰 마당, 한강 따라 걷기 · 84

하와이 걷기 코스
제2의 집 · 92

매직 아워를 걷다
한겨울 걷기의 즐거움 · 102

2부 먹다 걷다 웃다

복기의 시간
왜? 왜? 왜! 수많은 '왜'들과 대화하다 · 111

신데렐라의 비밀
직장인처럼 운동선수처럼 · 117

먹다 걷다 웃다
먹방의 시작은 일상 · 123

밥은 셀프
하정우식 얼렁뚱땅 요리법 · 131

맛있는 국을 끓이는 사소하지만 위대한 비밀
맛집 사장님과의 대화에서 배운 신의 한 수 · 146

아침 걷기와 야구
추신수 선수와 나의 인생 곡선 · 149

한 발만 떼면 걸어진다
이불 밖이 쑥스럽게 느껴지는 날 · 154

힘들다, 걸어야겠다
바쁘고 지칠수록, 루틴! · 161

모두를 웃게 하진 못했지만
굳이 에둘러 돌아가는 이유 · 169

사람의 표정을 읽고 저장하는 일
감독의 눈높이 의자에 앉아서 · 177

꼰대가 되지 않는 법
자리를 비워주는 사람이 아름답다 · 181

언령을 믿으십니까
도심을 걷다가, 문득 · 185

우리는 연결되어 있다
팀플레이의 즐거움 · 190

내 친구들을 소개합니다
걷기 모임의 올드보이들 · 195

걷는 자들을 위한 수요 독서클럽
걷기와 독서의 오묘한 공통점 · 203

3부 사람, 걸으면서 방황하는 존재

가만있지 못하는 재능이 있습니다
미안합니다, 한우물만 못 파요 · 213

나를 확신할 수 없다
믹싱, 완벽한 소리를 붙들려는 불완전한 인간의 분투 · 223

왜 사랑받지 못했을까?
그럼에도 감독의 길을 계속 가는 이유 · 227

남자다운 게 뭔가요?
두려움에 대하여 · 232

내가 동행을 선택하는 법
신과 함께 · 238

두 다리로 그린 이탈리아 미술지도
관광 아닌 유학 같은 여행 · 243

슬럼프 선생님
배우의 길을 걷는 사람들에게 · 271

내가 만난 노력의 장인들
노력의 밀도를 생각한다 · 279

걷는 자를 위한 기도
인간의 조건 · 288

SPECIAL THANKS TO · 294

1부

하루 3만 보, 가끔은 10만 보

말 한마디에 천릿길 걷는다

577킬로미터 국토대장정 끝에 내가 배운 것

서울에서 해남까지 장장 577킬로미터를 걷게 된 것은 그놈의 말 한마디 때문이었다.

2011년 그날 나는 백상예술대상 영화 부문 '남자 최우수 연기상' 시상자로 나섰다. 바로 전해인 2010년 〈국가대표〉로 이 상을 수상했는데, 웬일인지 나는 그해 〈황해〉로 다시 수상 후보에 올라 있었다. 그러나 2년 연속 수상이란 안 될 말이다. 전해에 이어 또 후보에 올랐다는 것만으로도 개인적인 추억거리이고 재미난 일일 뿐이었다. 그래서 나는 시상자로서 꽤 여유로운 맘으로 무대에 올랐다.

공동 시상자였던 배우 하지원씨가 내게 "어떠세요? 이번에도 상을 탈 수 있을 것 같으세요?"라고 물었을 때, 나는 "이번엔 어렵지 않을까……"라고 얼버무렸다. 진심이었다. 그러자 하지원씨는 다시 '그럼에도 불구하고 이번에도 상을 탄다면' 어떡할 셈인지 대국민 공약을 걸라고 했다. 결국 나는 마이크에 대고 뜬금없이 이렇게 선언하고 말았다.

"제가 상을 받게 된다면, 그 트로피를 들고 국토대장정길에 오르겠습니다!"

그랬는데…… 수상자 이름이 적힌 카드를 펼쳤을 때 나는 흠칫했다. 거기엔 거짓말처럼 내 이름이 적혀 있었다. 혹시 몰래카메라가 아닐까 싶을 만큼 당황했지만, 결국 나는 내 입으로 이렇게 발표해버렸다.

"감사합니다. 〈황해〉, 하정우."

그렇다. '세상에 그런 일은 안 일어나!'라고 단언하길 좋아하는 사람은 부디 이때의 나를 타산지석으로 삼길 바란다. 이렇게 한치 앞도 내다보지 못하는 존재가 바로 인간이다. 사람은 모름지기 입조심을 해야 하는 법이다. 예상치 못한 수상의 기쁨과 감사함 속에는 얼떨떨함이 뒤섞여 있었다.

곧이어 카드를 열기 전에 내뱉은 약속이 떠올랐다. 만인이 보는 시상식에서 왜 하필 그런 엉뚱한 말을 해버린 걸까. 그럼에도 나의 농담은 이제 현실이 되어야 했다. 어쨌거나 약속은 지켜야 하니까.

무대에서 슈트를 입고 멋쩍은 웃음을 짓던 나는 얼마 후 등산화를 꿰어신고 길을 나섰다. 옛사람은 말 한마디로 천 냥 빚도 갚았다던데 나는 말 한마디에 천릿길을 걷게 된 셈이었다. 기왕 이렇게 된 바에야 혼자만 갈 순 없었다. 좋아하는 사람들과 함께 왁자지껄 모험하듯 떠나고 싶었다. 그즈음 영화 〈러브픽션〉을 함께한 배우 공효진을 비롯해 좋아하는 동료배우와 친구들을 모았다. 우리 나름대로는 이 대장정을 기록으로 남겨보고 싶은 마음에 다큐멘터리 촬영 준비까지 갖추고 길을 나섰다.

끝이 안 보이는 머나먼 길을 말할 때 흔히 '천릿길'이라 표현하는데, 천 리는 오늘날의 단위로 계산하면 약 392킬로미터다. 서울에서 우리의 목적지 해남까지는 577킬로미터, 우리의 국토대장정은 천릿길보다 훨씬 더 먼 길이었다.

서울에서 해남까지 내 두 다리로 꾹꾹 밟아 걸어간다면 이전엔 보이지 않았던 것들이 얼마나 많이 눈에 들어올까? 내 체력의 한계는 어느 정도일까? 몸상태와 컨디션이 각기 다른 16명의 친구들이 오직 서로에게 의지하고 기대며 그 머나먼 길을 걷다보면 어떤 일들이 벌어질까?

만만치 않은 그 시간을 견디고 나면, 이제까지 한 번도 느껴본 적 없는 감동이 뒤따를 것이라 생각했다. 또 그렇게 도착한 땅끝 마을의 풍경 역시 무척 낭만적이고 아름다우리라 기대했다.

그랬는데…… 수많은 소동과 사건 끝에 국토대장정을 마치고 뒤풀이를 하던 날, 이상하게도 나는 그저 무기력하고 허무했다. 그냥 그 여정이 너무나 피곤하게 느껴질 뿐이었다. 국토대장정을 하는 동안 나는 그저 로봇처럼 걷기만 한 게 아니라 다큐멘터리도 촬영했고, 내가 모은 사람들도 챙겨야 했다. 다큐멘터리와 우리의 일정이 지루해지지 않게끔 새로운 아이디어도 끊임없이 내야 했다. 그렇게 매일 난리법석을 치르다보니 어느새 목적지에 도착해 있었다.

그런데 내가 주도해서 벌인 이 모든 난장과 소동이 그저 무의미하게만 느껴졌다. 그렇게 엄청나게 걸었는데…… 다큐 촬영도 무사히 마치고 단 한 명의 친구도 낙오되지 않도록 나름대로 열심히 챙겼는데…… 정작 왜 나는 텅 빈 듯한 기분이 들었을까? 보람이나 희열 같은 감정이 따라와야 하는 게 아닌가?

사람들은 드디어 강행군이 끝났다는 사실에 기뻐하며 쫑파티를 연다, 통돼지 바비큐를 만든다 왁자지껄했다. 하지만 나는 도무지 거기에 끼고 싶다는 마음이 들지 않았다. 그랬다간 들뜬 친구들의 분위기를 괜히 망쳐버릴 것만 같았다. 그저 지독히 피곤했고 얼른 집으로 돌아가고만 싶었다. '마침내 우리가 해냈다'는 기쁨과 에너지로 가득한 쫑파티 현장에서 나 혼자만 유령처럼 멀어지고 있었다. 뒤풀이를 하던 중 나는 점점 의기소침해졌고, 결국 그 자리에서 도망나와 혼자 집으로 돌아갔다.

그후 며칠간 꼬박 앓듯이 잤다. 밖에 나가지도 않고 태아처럼 웅크린 채 계속 잤다. 그런데 이상하게도 꿈인 듯 생시인 듯 자꾸만 길 위에서 일어난 일들이 눈앞에 보였다. 내가 걸었던 길, 동행한 사람들의 표정이 하나하나 떠올랐다.

종일 걸었던 어느 하루, 산뜻한 아침공기, 내 등을 달궈주던 햇살부터 걸은 뒤 느꼈던 기분과 감정까지 생생히 되살아났다. 시간이 지날수록 그 기억들은 희미해지긴커녕 쏟아질 듯이 내게 달려들었다. 길 끝엔 아무것도 없었지만, 길 위에서 우리가 쌓은 추억과 순간들은 내 몸과 마음에 달라붙어 일상까지 따라와 있었다.

그후 밖에 나갔는데 희한하게도 만나는 사람마다 나를 보더니 말했다.

"어? 무슨 좋은 일 있어? 되게 밝아졌다!" "너, 뭔가 달라졌어." "더 에너제틱해졌는데?" 하도 그런 얘기를 많이 들어

나는 길 위의
매 순간이 좋았고,
그 길 위에서 자주
웃었다.

서 진짜인가 싶어 거울 속의 나를 관찰해보았다. 거기, 전과 비할 바 없이 건강해 보이는 내가 서 있었다. 그리고 그 건강하고 밝은 기운은 국토대장정 이후 수개월간 지속되었다.

그제야 깨달았다. 내가 길 끝에서 허무함을 느낀 건 어쩌면 당연한 것이라고. 걷기가 주는 선물은 길 끝에서 갑자기 주어지는 거창한 것이 아니었다. 내 몸과 마음에 문신처럼 새겨진 것들은 결국 서울에서 해남까지 걸어가는 길 위에 흩어져 있었다. 나는 길 위의 매 순간이 좋았고, 그 길 위에서 자주 웃었다.

여전히 그때 함께 걸었던 사람들과 만나 이야기를 나눈다. 〈577 프로젝트〉 2편은 언제 찍을 거냐고 웃으며 묻기도 한다. 우리가 나누는 이야기는 대개 길 위의 순간들에 대한 것이다.

사람들은 인생살이에서 어떤 기대와 꿈을 품고 살아간다. 나중에는 형편이 나아지겠지, 세월이 지나면 다 괜찮아지겠지, 지금 이 순간을 견디면 지금보다 나은 존재가 되어 있겠지…… 어릴 때는 이런 희망과 꿈이 생에서 차지하는 비중이 굉장히 높지만, 나이들수록 그 폭은 조금씩 줄어든다. 그리고 어느 순간 다 부질없는 생각이었다고 뉘우치며 포기하는 단계까지 간다.

시간이 지날수록 나는 길 끝에서 느낀 거대한 허무가 아니라 길 위의 나를 곱씹어보게 되었다. 그때 내가 왜 하루하루 더 즐겁게 걷지 못했을까, 다시 오지 않을 그 소중한 시간에 나는 왜 사람들과 더 웃고 떠들고 농담하며 신나게 즐기지 못했을까. 어차피 끝에 가서는 결국 아무것도 없을 텐데.

내 삶도 국토대장정처럼 길 끝에는 결국 아무것도 없을 것이다. 인생의 끝이 '죽음'이라 이름 붙여진 누구도 피해 갈 수 없는 '무無'라면, 우리가 할 수 있는 일은 하루하루 좋은 사람들과 웃고 떠들며 즐겁게 보내려고 노력하는 것뿐일 테다.

많은 사람들이 길 끝에 이르면 뭔가 대단한 것이 있을 거라 기대한다. 나 역시 그랬다. 그러나 농담처럼 시작된 국토대장정은 걷기에 대한 나의 생각을 완전히 바꿔놓았다. 우리가 길 끝에서 발견하게 되는 것은 그리 대단한 것들이 아니었다. 내 몸의 땀냄새, 가까이 있는 사람들의 꿉꿉한 체취, 왁자한 소리들, 먼지와 피로, 상처와 통증…… 오히려 조금은 피곤하고 지루하고 아픈 것들일지 모른다. 그러나 이 별것 아닌 순간과 기억들이 결국 우리를 만든다.

말 한마디로 시작된 천릿길 대장정 끝에는 놀랍게도, 아

길 끝에는 아무것도 없었다.
그러나 길 위에서 만난 별것 아닌 순간과
기억들이 결국 우리를 만든다.

무것도 없었다. 하지만 괜찮다. 나는 길 끝에서 무언가 대단한 것을 움켜쥐려고 걸은 게 아니니까. 지금도 나는 길 위의 소소한 재미와 추억들을 모으며 한 걸음 한 걸음 걷는다. 그리고 내가 알게 된 이 작지만 놀라운 비밀을 더 많은 사람들과 나누고 싶다.

기분 탓인가?

그런 생각이 들 때는 그냥 걸어

"내가 오늘 기분이 영 별로야. 웬만하면 다음에 얘기하자." 괜히 예민해지고 말과 행동에 날이 서는 때가 있다. 그런 날 내가 삐거덕거리고 주위 사람들에게 못되게 구는 건 대개 그냥 '기분 탓'이다. 그런데 스스로 그것을 깨닫고 고백하는 경우는 거의 없다. 모든 게 '기분 탓'이라는 건, 사실 내 기분에 '당하는' 사람만 안다.

기분은 무척 힘이 세서 누구나 기분에 좌지우지되기 쉽다. 순간의 기분 때문에 그릇된 판단을 내릴 때가 있고, 누군가에게 의도치 않게 상처를 주기도 한다. 단지 기분 때문에, 처리해야 할 많은 일들은 손도 대지 않은 채 맥없이 하루를 날리는 경우도 있다. 나는 이런 불쾌한 기분이 결코 오래 지속되지 않으리라는 것을 경험상 잘 알면서도 당장의 기분에 지배당하는 삶을 산다. 사실 기분은 인생에 어마어마하게 중요한 영향을 미친다. 당장의 기분을 바꿀 수 있다면, 어쩌면 세상을 바꿀 수 있을지도 모른다.

아, 기분. 알고 보면 우리의 감정을 들었다 놨다 하고 인생에서 엄청나게 중요한 일들의 결과와 행로까지 좌우하는 이 문제적인 놈. 이 '기분'이라는 것을 잘 달래가며 일상을 온전히 유지하는 방법, 어디 없을까?

기분을 전환하는 법은 저마다 다르다. 마음 편한 사람과 수다를 떨기도 하고, 평소보다 많은 양의 음식을 먹거나 술을 마시기도 한다. 그런데 어떤 방법들은 확실히 즉각적인 효과가 있지만, 부작용이 따른다. 장기적으로 보면 건강에 해롭거나, 내 기분은 바꿔주지만 다른 이에게 민폐를 끼치며 상대의 기분을 구겨버리는 것이다.

이럴 때 나는 부작용 걱정 없는 걷기를 선택하는 편이다. 비가 오면 우산을 쓰고 추워지면 외투를 입는 것처럼 나는 기분에 문제가 생기면 가볍게 걸어본다. 누구에게나 문제 없는 날은 없고 고민 없는 날도 없다. 고민이 내 머릿속에서 슬금슬금 기어나와서 어깨 위에 올라타고 나를 짓누르기 시작하면 나는 '아, 모르겠다, 일단 걷고 돌아와서 마저 고민하자' 생각하면서 밖으로 나간다.

걸으면서 고민을 이어갈 때도 있다. 하지만 신기하게도 걷는 동안에는 어쩐지 그 고민의 무게가 좀 가벼워지는 듯한 느낌이 든다. 무엇보다 다 걷고 집으로 돌아오는 길에는 배가 너무 고프다. 몸을 움직이면서 고민과 고통을 비워낸 자리에 허기가 슬쩍 끼어드는 것이다. '걷고 나서 뭘 먹을까?' 하는 생각만 집요하게 파고든다. 아침에 먹었던 것이 냉장고에 남아 있으니 뭘 좀 추가해서 맥주랑 먹을지, 아니면 마트에 들러 장을 봐서 돌아갈지, 오늘은 좀 특별하게 수산시장에 들러 회를 떠갈 것인지, 나는 걷고 나서 먹을 메뉴에 대해서 열심히 궁리한다.

그리고 집에 돌아오면? 고심해서 고른 오늘의 식사를 정성스럽게 준비한 다음 밥을 먹는다. 먹으면서 문득 깜짝 놀란다. '나 방금 전까지 고뇌했던 사람이 맞나? 왜 이렇게 밥맛이 좋지?' 밥 먹은 뒤엔 한숨 돌리고 샤워를 한다. 물줄기를 맞으면서 문득 또 떠올린다. '고민, 아, 그래, 낮에 고민을 했었지. 그런데 씻으니까 이상하게 상쾌하네?' 애써 이전의 고민을 이어가려고 해도 나의 기분 모드는 이미 바뀌어버린 것이다.

자기 전에 침대에 누워 아까 무슨 고민을 했었는지 떠올려보는데 잘 기억이 나지 않는다. 물론 고민의 주제는 선명한데, 낮에 느꼈던 것만큼 중대하고 어려운 상황처럼 다가오지 않는다. 분명히 심각했었는데 이제 와서 생각해보니 그렇게까지 엄청난 위기 같지는 않다. 그런 생각들을 하다가 나는 금방 곯아떨어진다. 단순하게도 인간은 몸을 움직이는 만큼 수면의 질이 높아지는 것 같다. 잠들기 직전 어쩐지 약간 웃음이 난다. 일반적으로 사람들은 고민이 생기면 잠이 잘 안 와서 뒤척이고 신경은 날카롭게 곤두서고 그러지 않나? 그런데 오늘 나 아주 꿀잠 잘 것 같아……

고민하느라 기분이 별로였던 날이 가고 어느새 아침이 되었다. 자고 일어나면? 정말 별것 없다. 그저 어제의 고민이 그다지 대단한 문제가 아니었다는 사실만을 확실히 깨닫게 된다. 걷기의 나비효과라고 부를 수 있을까? 그저 나가서 걷는 것만으로 아주 큰 변화가 일어났으니까. 기분에 짓눌려서 문제를 키우고 고민을 부풀린 것은 결국 나 자신이었음을 깨닫는다.

만약 나쁜 기분에 사로잡혀서 지금 당장 아무런 일도 할 수 없을 것 같은 상태라면 그저 나가서 슬슬 걸어보자. 골백번 생각하며 고민의 무게를 늘리고 나쁜 기분의 밀도를 높이는

걷고 돌아오면
금방 곯아떨어진다.
불면증이나 한밤의 우울을 모르고,
어디서나 꿀잠 자는
나의 비결은 역시 걷기다.

대신에 그냥 나가서 삼십 분이라도 걷고 들어오는 거다. 그러면 거짓말처럼 기분 모드가 바뀌는 것을 느낄 수 있다.

나는 나의 기분에 지지 않는다. 나의 기분을 컨트롤할 수 있다는 믿음, 나의 기분으로 인해 누군가를 힘들지 않게 하겠다는 다짐. 걷기는 내가 나 자신과 타인에게 하는 약속이다.

왜 자꾸만 나를 잃어버리지?

내 숨과 보폭으로 걸어야 할 때

2015년 내가 주연과 감독을 맡은 〈허삼관〉이 개봉했을 때, 나는 한창 〈암살〉의 주요 장면을 촬영하고 있었다. 〈허삼관〉은 기이할 정도로 관객이 들지 않고 있었다. 부랴부랴 이유를 찾다가, 나 자신을 질책하다가, 눈떠보면 〈암살〉 촬영 시간이 닥쳐와 있었다.

촬영장에 가는 것조차 너무나 힘이 들었다. 왜냐하면 사람들이 분명 나를 위로하려 할 테니까. 어떤 사람은 별일 아닌 척 담담하게 나를 토닥일 테고, 또 누군가는 까맣게 타는 내 속마음을 눈치채고 어떤 말을 꺼내야 할지 조심스러워할 것이다. 그 모두가 고스란히 느껴져서 나는 더 불편했다.

갑자기 바보가 된 것 같았다. 사람들 앞에서 어떤 표정을 지어야 할지도 모르겠고, 나의 아픈 마음을 어떻게 털어놓아야 하는 건지, 사람들의 위로는 어떻게 받아야 하는 건지 아무것도 알 수가 없었다. 촬영장에서 유쾌하게 농담을 건네고 사람들을 웃기던 하정우는 사라져버리고, 무슨 짓을 해도 사람들과 어울리기 힘든 어둡고 우울한 남자만 거기 남아 있었다.

아침에 촬영장으로 향하는 출근길, 나는 한 시간씩 기도했다. 제발 내가 맡은 연기만은 무사히 소화하게 해달라고.

그렇게 악전고투 끝에 〈암살〉 촬영을 간신히 끝내고 다음 날 치과에서 사랑니 하나를 뽑았다. 밤비행기를 타고 LA로 날아갔다. 한 달 후 LA에서 그림 개인전을 열기로 되어 있었다.

LA 숙소에 도착한 첫날, 시차 때문인지 새벽에 눈이 저절로 떠졌다. 내가 무리한 걸까? 면역력이 약해지면 묘한 공포와 한기가 몸을 덮칠 때가 있다. 불안 증세와 함께 오한과 통증이 몰려왔다. 냉장고에서 물이라도 꺼내 마시려고 부엌으로 갔는데, 순간 무릎이 푹 꺾였다. 그대로 한참 동안 바닥에 주저앉아 있었다.

'이제…… 어떻게 해야 하지?'

개인전을 열기 전에 내가 완성하기로 약속한 작품 수가

있었다. 전시 오픈 일정은 점점 다가오는데 그림이 모자랐다. 개인전이 열리기 약 한 달 전이었다. 숨 돌릴 새도 없이 그림을 그리는 사이 문득 이런 생각이 스쳐갔다.

'내가 왜 여기에 있지?'

'이걸 다 어떻게 그리지?'

'못하면 어떡하지?'

갑자기 두려웠다. 내가 약속해버린 모든 것이. 내가 해내야만 할 모든 일들이.

그래도 어떻게든 그려야겠다 싶어서, 한 달 동안 꾸역꾸역 악으로 깡으로 그림을 그렸다. 바깥에 나가지도 않고 내리 스무 작품을 미친듯이 그렸다. 하루 열세 시간에서 많게는 열다섯 시간씩 그림에 미쳐 있던 시절이었다. 하지만 생각해보면 그림을 그린 게 아니었던 것 같기도 하다. 나는 그저 공포에 질려서 '나'를 복제하고 있었는지도 모른다. 정신을 차려보니 체중이 15킬로그램이나 불어 있었다.

전시회 오픈일이 되었다. 아슬아슬했지만 다행히 약속한 작품 수를 모두 채웠다. 전시중에는 유명한 미술평론가도 다녀갔다. 그런데 갤러리에서는 의례적인 칭찬을 하고 내 그림의 장점을 주로 언급하던 그 미술평론가가 사석에서 내게 조심스레 다가오더니 이렇게 말했다.

"왜 이렇게 디자인에만 신경을 쓰시나요?"

그 개인전의 한 코너에는 내가 시시때때로 쓱쓱 그린 스케치를 두었고, 넓은 공간에 완성도 있는 작품들을 전시해 두고 있었다. 그는 나에게 '왜 저 구석에 있는 스케치처럼 자유롭게 그리지 못하고 완성작들은 디자인 요소에만 매달렸느냐'는 뼈아픈 물음을 던지고 있었다.

내게 그 말은 곧, 왜 이렇게 남들 시선만 신경쓰며 사느냐는 물음과 다르지 않게 들렸다.

비단 그림에 대해서만이 아니었다. 영화에 대해서, 연출에 대해서, 연기에 대해서, 삶에 대해서, 그때 나는 스스로에게 끊임없이 되묻고 있었다.

'왜 이렇게 나 자신을 자꾸 잃어버리지?'

거의 1년 반 동안 나는 정말 바쁘게 열심히 살았다. 〈허삼관〉 촬영, 후반 작업과 개봉, 그에 맞물려서 진행된 〈암살〉 촬영, 그 촬영이 끝나자마자 한 달 동안 내 나름대로 안간힘을 다해 준비한 그림 전시회. 그런데 이렇게까지 에너지를 쏟은 결과가 고작 이것이라니.

'남의 눈만 신경쓰고 사는 사람.'

그 평론가의 말에 나는 깊이 찔렸고 충격을 받았다. 그러나 동시에 그의 말은 내게 엄청난 깨달음을 주었다.

나는 걸음마를 배우는 어린아이처럼 처음부터 하나하나 다시 묻기 시작했다.

'내가 처음에 어떻게 그렸지?'

'내가 정말 하고 싶은 게 뭐였지?'

'왜 그림을 그리려고 했지?'

운좋게도 다시 6월에 뉴욕 전시회가 잡혀 있었다. 사람들에게 호응을 받든 못 받든 신경쓰지 말고 그려보기로 했다.

한점 한점 그저 내 마음 가는 대로 그림을 그려서 뉴욕으로 보냈다.

결과는?

감동적인 성장소설처럼, 반전 있는 드라마처럼 엄청난 호평이 쇄도하고 갤러리를 찾은 사람들의 열광적인 반응을 얻었더라면 좋았겠지만…… 딱, 한 점이 팔렸다. 그런데 이상하게 기분이 좋았다.

'그치, 난 원래 이런 걸 그렸던 사람이지.'

괜히, 웃음이 났다.

사실 뉴욕 전시회에 보낸 그림을 그릴 때부터 진작 알았다. 이 그림, 누구도 별로 안 좋아할 것 같다는 예감. 잘 안 팔릴 것 같다는 생각. 그간 사람들이 내 인물화를 보면 무섭다고들 했다. 그림이 팔리고 안 팔리고는 나에겐 결정적으로 중요한 일은 아니지만, 내 그림을 선택하고 전시해준 갤

그 무엇에도 휘둘리지 않고
내가 하고 싶은 대로 그려나가기로 했다.
그림도, 또 내 인생도.

최근 하와이에서 그린 그림들.
지금도 나는 어중간한 그림 열 점을 늘어놓았을 때보다
나를 닮은 그림 한 점이 완성되었을 때, 기분이 좋다.

러리에는 중요한 일이다. 기왕이면 내 그림을 믿어준 갤러리 관계자들에게도 도움이 되는 작품이면 좋겠다고 생각한 적도 있다. 밝게, 재기발랄하게 그려보면 어떨까!

그러다 그 미술평론가의 고마운 지적을 계기로 '아, 그냥 내가 하고 싶은 대로 그려야겠다!'고 마음먹게 된 것이다. 물론 뉴욕에서 받은 성적표는 처참했다. 팔린 그림 한 점. (그리고 뉴욕 갤러리에서는 통 연락이 없었다……) 그러나 그 사건은 분명 내게 결정적인 터닝포인트가 되었다. 그후 나는 그 무엇에도 휘둘리지 않고 내가 하고 싶은 대로 그려나가기로 했다. 그림도, 또 내 인생도.

지금도 나는 어중간한 그림 열 점을 늘어놓았을 때보다 나를 닮은 그림 한 점이 완성되었을 때, 기분이 좋다.

한때 나는 열정을 잃어버린 느낌을 받았다. 나 자신을 추스르는 시간이 필요했다.

내 갈 길을 스스로 선택해서 걷는 것, 내 보폭을 알고 무리하지 않는 것, 내 숨으로 걷는 것. 걷기에서 잊지 말아야 할 것은 묘하게도 인생과 이토록 닮았다.

하체가 상큼해지는 시간

강남에서 김포공항까지,
나의 걷기 다이어트

종일 책상 앞에서 일하는 직업을 가진 이가 "제 몸엔 머리와 손밖에 없는 느낌이 들 때가 있어요……"라고 말해서 흠칫 놀란 적이 있다. 아마 많은 사무직 종사자들이 공감하는 얘기일 것이다. 세상은 우리에게 다리 대신 바퀴에 의지해 잽싸게 이동하길 요구하고, 머리와 손은 더 빨리 움직여 생산성을 높이라고 다그친다. 이런 와중에 내 다리를 뻗어 천천히 한 걸음을 내딛는 행위는, 잊고 있던 내 몸의 감각을 생생하게 되살리는 일이다.

나는 걸을 때 발바닥에서부터 허벅지까지 전해지는 단단한 땅의 질감을 좋아한다. 내가 외부의 힘에 의해 떠밀려가는 것이 아니라 이 땅에 뿌리내리듯 쿵쿵 딛고 걸어가는 게 좋다.

그런데 내 두 다리가 받칠 수 있는 것보다 체중이 불어나면, 걸을 때 무릎과 발목에 피로가 빨리 온다. 나도 영화 촬영 기간이 아닐 때는 몸무게가 약간씩 늘곤 하는데, 굳이 체중을 달아보지 않아도 걸으면 바로 안다. 다리가 묵직하고 숨이 더 빨리 가빠온다. 몸이 비만할 때는 많이 걸으면 발목, 무릎, 골반, 허리까지 차례로 아프다가 팔이 저리고 손발이 붓는 경우까지 있다고 한다. 많은 이들이 이 단계에서 포기하고 걷기를 중단하는데, 사실 이럴수록 더 걸어주어야 한다. 꾸준히 걷다보면 이런 통증들이 조금씩 풀리고, 살도 빠지기 시작한다. 그러다 하체가 아주 '상큼'해지는 순간이 온다.

걸을 때 하중이 거의 없이 가뿐한 상태, 이것이 내가 유지해야 할 최적의 몸무게다.

걷기는 몸의 균형을 잡아준다. 하루 만 보씩 걸으며 식사량을 아주 조금만 조절해도 한 달만 지나면 살이 꽤 빠진다. 그뒤 식사 조절을 계속하면서 두 달째부터는 만 보에서 만 오천 보로 슬쩍 늘려서 걸어본다. 그렇게까지 힘들게 식이요법을 한 것도 아니고 하루종일 운동에만 매달린 것도 아닌데, 체중감량에 가속도가 붙어 다이어트의 재미를 느낄 수 있을 것이다.

나는 촬영을 앞두고 '급다이어트'를 해야 하는 경우, 절대 먹지 말아야 할 금지식만 몇 개 정해놓고 평소처럼 먹고 계속 걷는다. 햄버거, 탄산음료, 설탕과 소금이 과하게 들어간 음식—장담하는데 딱 이 메뉴만 식단에서 걷어내고 꾸준히 걷기만 해도 확실히 살이 빠진다.

영화 〈터널〉을 촬영할 때, 단기간에 살을 쫙 빼야 하는 순간이 왔다. 무너진 터널 안에 고립돼 있던 주인공 정수가 사투를 벌이며 버텼건만 구조에는 아무런 성과가 없고, 시간만 무심히 3주 뒤로 훌쩍 점프한다.

원래 그 3주 후의 장면은 촬영 중간에 2주 동안의 텀을 두고 철저하게 체중감량을 한 뒤 촬영하기로 했었다. 그러나 촬영 스케줄상 내겐 부득이하게 딱 5일의 시간이 주어졌다. 5일 동안 빠르게 다이어트해서 제대로 먹지도, 빛을 보지도 못해 피골이 상접한 모습으로 변신해야 했다. 그런데 서울에서, 게다가 1월 초에 무슨 수로 단 5일 만에 살을 쪽 뺀단 말인가.

갑갑했다. 다른 길은 없었다. 일단, 따뜻한 남쪽 섬 제주도로 건너가서 무작정 걸어보기로 했다.

다이어트 돌입 첫날, 나는 아침 7시에 집에서 출발해 김포공항을 향해 걸었다. 비행기를 타기 위해 몇 시간을 걸어가다니 거 참 희한하다 싶겠지만, 그때 나는 이동하기 위한 일 분 일 초까지 오롯이 살을 빼는 데 써야 했다. 부지런히 걸어 김포공항에 도착한 시각은 오후 3시. 냉큼 3시 반 비행기를 잡아타고 제주도로 날아갔다. 숙소에 도착한 후 짐을 풀자마자 나와서 인근의 올레길을 네 시간 동안 걸었다. 내가 가진 시간을 꽉 채워 서울과 제주를 걸으니, 뒤숭숭했던 마음이 가라앉으며 어느 정도 해볼 수 있겠다는 자신감이 붙었다.

이튿날 새벽 4시에 일어났다. 간단히 아침을 먹고 한라산 등정에 나섰다. 정상까지 올라갔다가 내려와서 숙소에서 삼십 분 정도 몸을 녹였다. 그리고 다시 나가서 내리 여섯 시간을 걸었다. 돌아와 기절하듯 잠들었다.

셋째 날, 아침 6시에 일어나 조식을 먹었다. 7시 출발. 밤 11시까지 쭉 걷다가 들어왔다.

제주도에서의 4박 5일 일정은 이런 식으로 점점 더 단출해지고 간명해졌다. 단순해지는 일정만큼 몸도 가벼워졌다. 서울에 돌아왔을 때는 체중이 4킬로그램 줄어 있었다. 수치보다 더 효과적이었던 건, 산바람 바닷바람을 온몸으로 맞으며 사연 많은 방랑객처럼 종일 걸어다닌 덕분에 꽤 수척한 몰골이 완성되었다는 것이다. 이 정도면 극중 정수의 3주 후 모습으로 말이 되겠다 싶었다.

내가 아는 영화제작자 중에 몸무게가 100킬로그램이 훌쩍 넘는 형이 있었다. 일이 바쁘다보니 자가용 몰고 다니는 게 일상이요, 그마저 여의치 않을 때는 택시 안에서 전화하고 밀린 서류를 정리하기 일쑤였다. 다리보다는 바퀴로 굴러가는 게 당연한 삶이었다. 그러나 일만큼 형의 건강도 소중하기에 나는 함께 걷자고 집요하게 졸랐다.

드디어 형이 시간을 내서 나와 나란히 산책길에 나선 기적 같았던 어느 날, 그러나 형은 중도에 포기하고 말았다. 걷다 멈추고 택시를 불러서 집에 가버렸다. 형이 의지가 없는 게 아니라 과체중인 사람에겐 걷기도 그만큼 힘에 부치는 활동인 것이다.

그날 형은 포기했지만 나는 포기하지 않고 꾸준히 내가 느낀 걷기의 장점에 대해 전했다. 그러자 형도 서서히 내 말에 귀기울이기 시작하더니, 하루하루 조금씩, 아주 조금씩 더 걷고 있다는 소식을 전했다.

그 결과, 지금 그는 걷기 다이어트로 인해 인생이 바뀌었다고까지 말한다. 일단 살이 쑥 빠진 것은 당연하고, 내가 봐도 지금 형의 얼굴은 해사하게 빛난다. 오랜 세월 100킬로그램이 넘는 거구로 살다가 살이 20킬로 이상 빠져서 옷도 슬림하게 입고, 사람들을 만날 때 자신감까지 붙으니 영화 일까지 술술 풀리고 있다.

형은 걷기 전보다 훨씬 더 바빠졌지만, 지금도 3년째 꾸준히 걷고 있다.

사실 과체중인 사람이나 초보자, 바쁜 사무직 직장인들에게는 만 보도 많을 수 있다. 일일 만 보는 미국 심장학회에서 심장질환 예방을 위해 권장하는 수치일 뿐, 내게 꼭 맞는 걸음수는 아닐 수도 있다. 처음엔 오천 보부터 시작하자. 무리한 목표를 세우고 금방 포기하기보다는 내가 목표한 걸음수만큼 가뿐하게 도달하며 걷기의 즐거움을 느끼는 게 우선이다.

아무리 동네에 걸을 데가 없다 해도 골목길과 인도 정도는 있을 것이다. 지금 당신 주변에 있는 가장 가까운 길을 슬슬 걷는 것, 무리한 단식과 절식 없이 내 몸에 아주 작은 변화를 주는 것, 이것이 내가 권하는 걷기 다이어트의 시작이다.

내 인생의 마지막 4박 6일

걷는 사람들의 천국, 하와이

하와이에 처음 간 것은 〈577 프로젝트〉를 끝내고 영화 〈베를린〉을 찍기 전이었다. 큰 기대 없이 불쑥 떠난 하와이, 그곳에서 나는 내 걷기 인생에 결정적인 영향을 미친 크고 새로운 세계를 만났다.

하와이에 가기 전까지 나는 뭐에 그리 쫓겼는지 인생을 여유 있게 즐기는 법도, '쉼'에 대해서도 잘 몰랐다. 마음의 안식처가 필요하다는 생각이 들어 종종 여행을 떠났지만, 여행중에도 나는 잘 쉬는 게 아니라 내가 다닌 곳의 흔적을 남기려 안달했던 것 같다. 무엇을 먹고 어디를 가봤고 웬만한 데는 전부 다 돌아다녀봤다는 확인을 받기 위해 여행한 것이다. 이러니 남들이 좋다는 곳에 가도 친구들과 술 한 잔 마시고 나면 '아이고, 잘 놀았다. 근데 얼른 집에 가고 싶네……' 하며 남몰래 허전해하는 수밖에.

그런데 하와이는 달랐다. 첫날 도착해서 자고 일어나 일출을 보았다. 그리 신기할 것도 없고, 그렇다고 주변 풍광이 혀를 내두를 만큼 빼어난 절경도 아니었다. 그런데 해가 천천히 떠오르는 것을 지켜보는데, 그 별거 아닌 자연스러운 풍경 속에 내가 서 있다는 것이 믿을 수 없을 만큼 편안했다. 태양은 내 등을 포근하게 데워주고, 공기는 꽉 막혔던 나의 혈을 뚫어주는 것 같았다. 하와이의 땅은 내 두 다리의 중심을 단단하게 세워주어, 내가 살아 있는 생명체라는 것을 온몸으로 느끼게 해주었다. '여기구나……' 나는 속으로 중얼거렸다. 내가 아주 오랫동안 찾아 헤매온 안식처를 발견한 기분이 들었다. 그렇게 나는 하와이에 푹 빠져버렸다.

하와이에 가면 나는 자연에 소속되어 있다는 느낌을 받는다. 내가 이 지구, 이 땅의 일부라는 안정감을 느낀다. 하와이의 자연은 특별히 무엇을 하지 않아도 사람을 위로해주는 힘이 있다. 날씨에 따라 시시각각 변하는 하늘만 보고 있어도 시간이 잘 가고 기분이 편안해진다.

내가 아주 오랫동안 찾아 헤매온
안식처를 발견한 기분이 들었다.
그렇게 나는 하와이에 푹 빠져버렸다.

서울에서 창밖을 내다보면 가끔 세상이 너무 멀어 보일 때가 있다. 어쩌면 내가 배우라는 직업을 갖고 있기 때문에, 서울에서는 일상을 온전히 누리고 대도시를 휘젓고 다니면서 아무데서나 편안하게 쉴 수 없기 때문인지도 모른다. 그러나 하와이의 자연 속에서 나는 세상과 긴밀하게 맞닿아 있다고 느낀다. 내가 살아 있다는 사실을 확인받는다.

한번은 〈더 테러 라이브〉를 함께 작업한 김병우 감독과 김병서 촬영감독이 나흘 일정으로 하와이에 왔다. 차기작 〈PMC〉에 대해 나와 논의하기 위해 와준 것이었다. 그들이 탄 비행기 도착 시간에 맞춰서 공항으로 마중을 나갔다. 특별히 차림새를 신경쓰거나 뭘 준비해서 나간 건 아니었는데, 나중에 김병우 감독은 이렇게 말했다. 멀리서 내가 반바지에 슬리퍼 차림으로 걸어오는데 무척 자유로워 보였다고. 내가 그렇게 편안한 차림으로 어슬렁어슬렁 걸어다니는 모습은 이제까지 본 적이 없는 것 같다고 말이다.

예전에 내가 그에게 하와이에 푹 빠졌다고 얘기했을 때는 그냥 여행지로서 훌륭하다는 정도로 받아들였을 뿐, 왜 그리도 좋아하는지 정확히 알지 못했다고 한다. 그런데 막상 하와이에 와서 나의 편안한 표정과 모습을 보는 순간, 하와이가 하정우에게 딱 맞는 장소라는 것을 곧바로 이해하게 됐다고 했다.

신비로운 나무 반얀트리 아래서.
하와이에 가면 나는 자연에
소속되어 있다는 느낌을 받는다

그후로도 나는 하와이를 자주 오갔다. 심지어 4박 6일 일정으로 하와이를 다녀온 적도 있다. 비행기에서 보내는 시간이 꽤 길기 때문에 사실 하와이를 4박 6일로 갔다 오는 건 약간 미친 짓에 가깝다. 그런데 그때 난 조금 유치하지만 이런 생각을 했다. 만약 내 인생에 '마지막 4박 6일'이 주어진다면, 난 진심으로 뭘 하고 싶은가?

결론은 걷기였다. 나는 몸을 움직여 계속 걷고 싶었다.

당신은 어떤가? 4박 6일이라는 애매한 기간이 당신의 인생에 마지막으로 주어진다면 무엇을 하겠는가? 술을 마시고 친구를 만나 수다를 떨 수도 있고 지금까지 못 가봤던 곳을 관광할 수도 있겠다. 하지만 나는 그냥 내 팔다리를 움직여 계속 걷고 싶다.

내 인생 마지막 4박 6일이라 생각하고 떠났던 하와이에서 나는 온종일 걸었다. 걷고 먹는 일 외엔 아무것도 하지 않았다. 그리고 그 미친 일정으로 다녀온 하와이는 내게 미치도록 좋았던 휴식의 기억으로 남았다.

나는 힘들면 힘들수록 하와이에 가고 싶다. 내게 하와이가 없었다면, 많은 일과 부담 속에서 진작에 나가떨어졌을지도 모른다. 하와이에서 나는 자연의 품속에 숨을 수 있고, 그 밑에서 걱정 없이 쉴 수 있다. 하와이는 배우 아닌 자연인 하정우가 일상에서 누리는 최고의 호사이자 아늑한 동굴이다.

김병우 감독은
반바지에 슬리퍼 차림인 내가
무척 자유로워 보였다고 말했다.
내가 그렇게 편안한 차림으로
어슬렁어슬렁 걸어다니는 모습은
이제까지 본 적이 없는 것 같다고.
하와이는 자연인 하정우가
일상에서 누리는 최고의
호사이자 아늑한 동굴이다.

하와이에서, 주지훈과 함께.

휴식은
가만히 누워 있는 게
아니야

하와이에서
도망치고 싶었던
어떤 날

2013년 11월 〈군도〉 촬영이 끝나자마자 다시 하와이로 떠났다. 여행가방에 〈허삼관〉 시나리오를 챙겨넣었다. 얼른 각색해서 최종 시나리오를 완성하고 싶었다. 하와이에 가서 좀 쉬면서 시나리오도 다 정리해오자, 야심차게 마음먹었다.

그런데 하와이에 도착하자마자 일주일간 꼬박 앓아누웠다. 식은땀이 줄줄 흐르고 옴짝달싹할 수가 없었다. 몸에서 쓰레기 냄새가 나는 것 같았다. 호되게 아프고 나서 겨우 몸을 일으킬 수 있을 때쯤 이렇게 생각했다.

'집에 가야겠다.'

낯선 타지에서 아픈 몸으로 혼자 지내는 건 혹독한 일이었다. 천천히 걸어다닐 만큼 몸상태가 약간 나아지긴 했지만, 얼른 한국으로 돌아가는 편이 나을 것 같았다. 그래도 하와이에 왔는데 떠나기 전에 잠깐 공원 벤치에나 앉았다 가야겠다 싶어, 맘에 드는 곳에 자리를 잡고 앉았다. 그랬더니 이런저런 생각이 들었다.

'하와이에 올 땐 잘 쉬고 마음도 좀 다스리려고 했는데, 왜 나아진 게 하나도 없지? 집에 가면 이 묵직한 기분에서 완전히 벗어날 수 있나?'

그런데 집에 가도 별게 없을 거란 생각이 들었다. 당시 한국은 11월, 스산한 늦가을이었다. 몸도 마음도 이렇게 허한 상태인데, 집에 가면 뭐하나. 이불 덮고 잠이나 자겠지. 그럴 바엔 따뜻한 하와이에서 하루만 더 버텨볼까 싶었다.

그래서 하루를 버텼다. 조금 괜찮아진 것 같았다.

다음날 다시 생각했다. 그럼 하루만 더 있어볼까. 하루를 더 견디니 나는 조금 더 나아져 있었다. 그때 이런 생각이 들었다.

'아, 휴식에도 노력이 필요하구나. 아프고 힘들어도 나를 일으켜서 조금씩이라도 움직여야 하는 거였구나.'

나뿐만 아니라 현대인들은 정말 치열하게 일한다. 그런

데 휴일에 꼼짝도 못하고 나가떨어질 만큼 평소 일에 지나치게 매달리기 때문일까? 정작 일은 너무나 열심히 하는데 휴식 시간에는 아무런 계획도 노력도 하지 않고, 자기 자신을 그대로 던져두는 것 같다는 생각이 들 때가 있다. 지치고 피로한 자신을 그냥 내버려두는 것이 곧 휴식이라고 생각하는 것이다. 하지만 그런 '방기'는 결과적으로 휴식을 취하는 것이 아니라 누적된 피로를 잠시 방에 풀어두었다가 그대로 짊어지고 나가는 꼴이 되는 경우가 많다.

아무것도 하지 않는 것과 휴식을 취하는 것은 다르다. 나는 휴식을 취하는 데도 노력이 필요하다는 사실을 배웠다. 적어도 일할 때처럼 공들여서, 내 몸과 마음을 돌봐야 하지 않을까?

그때부터 줄곧 내 머리를 지배했던 '다 부질없고 집에나 가고 싶다'는 마음을 싹 걷어내고서, 나는 하와이를 슬슬 걷기 시작했다. 걷고 숙소로 돌아와 맥주 몇 캔을 마시고 그대로 잤다. 내가 일을 좋아하는 만큼, 일을 오래하고 싶은 만큼, 휴식도 신경쓰고 잘 계획해야겠다고 다짐했다.

일과 휴식을 어중간하게 뒤섞지 말고, 가만히 누워 있는 것을 휴식이라고 착각하지 않는 것. 일이 바쁠 때 '나중에 몰아서 쉬어야지' 같은 얼토당토않은 핑계를 대지 않는 것.

아, 휴식에도 노력이 필요하구나.

아프고 힘들어도 나를 일으켜서

조금씩이라도 움직여야 하는 거였구나.

하와이는 그렇게 내가 찾아갈 때마다 휴식의 새로운 의미를 알려주고 있다.

‘생보’와 ‘제뛰’를 사수하라

참 쉬운
하루 3만 보
걷기 교실

뭐든 꾸준히 하려면 그것이 ‘특별활동’이 아니라 습관이 되어야 한다. 사람들은 보통 하루 만 보를 걷기 운동의 기준점으로 삼지만, 나는 3만 보 정도를 걷는다. 촬영 스케줄이 없는 날, 걷기와 함께하는 나의 일과를 적어본다.

우선 아침에 눈뜨자마자 곧장 러닝머신 위로 올라간다. 러닝머신을 타고 오십 분 정도를 꼬박 걸으면 약 5천 보에서 6천 보가량이 찍힌다. 우리 걷기 멤버들 사이에서는 이 오십 분을 ‘1교시’로 친다. 1교시 오십 분을 걸은 후 십 분 쉬는 것이 우리의 규칙이다. 물론 시간과 컨디션에 따라 러닝머신 위에서 2교시까지 마칠 수도 있다. 그러면 이미 오전 10시에 만 보를 가지고 하루를 시작하게 된다.

그후 작업실이나 영화사로 출근하는데, 이때 철칙이 있다. 발 디딜 수 있는 공간만 있다면 걸어서 이동하기. 그러니까 차는 물론 엘리베이터, 에스컬레이터, 무빙워크 등은 가급적 타지 않는다. 걸음수를 일상에서 알뜰살뜰 모아야 한다. 이동할 때 지키는 이 작은 원칙이 내가 하루에 3만 보를 걷는 결정적인 비결이다. 나는 바퀴 달린 것이나 내 몸을 자동으로 옮겨놓는 탈것을 그다지 좋아하지 않는다. 웬만한 거리는 내 다리로 뚜벅뚜벅 걸어다니는 게 좋다. 굳이 운동 시간을 따로 내지 않더라도 이렇게 두 다리로 이동하는 것만으로도 하루 걸음수를 뿌듯하게 채울 수 있다.

일단 집밖으로 나오면 두 가지 루트 중 하나를 선택해 걷는다. 루트1은 집에서 작업실까지 곧장 도심을 통과해 걷는 여정이다. 대략 3천 보 정도가 나온다. 이렇게 걸어가서 작업실에서 소속사 사무실까지 또 걸으면 1500보가 더 나온다. 구경거리가 많고 사람 구경 가게 구경에 지루할 틈이 없는 길이지만, 아무래도 걸음수가 좀 부족하다.

루트2는 어디를 가든 일단 한강 쪽으로 나가서 한강을 따라 빙 둘러 걷다가 약속장소로 빠지는 길이다. 걷기 멤버들도 가급적 피하고 싶어하는 코스다. 왜냐하면 직통보다 훨씬 빡세니까. 우리는 이렇게 목표점을 향해 직행하지 않고 더 먼 거리로 돌아가는 것을 일명 '돌려깎기'라고 부른다. (이 '돌려깎기'에 대해서는 하와이 루트에서 좀더 설명하겠다.)

루트2를 선택한 날이면 집에서 나와 한강 둔치를 끼고 작업실을 향해 걷는다. 이때 동호대교, 성수대교, 영동대교, 청담대교 등 어느 지점까지 찍고 돌아오느냐에 따라 다양한 길이 생기고, 걸음수에도 큰 차이가 나타난다. 하지만 이렇게 한강 '돌려깎기'를 하면 루트1에 비해 최소 5천 보 정도는 더 늘릴 수 있다.

나는 주로 한강 둔치를 따라 걷다가 압구정 갤러리아 백화점이 나오는 구간까지 찍고 나서 작업실에 들른 후, 소속사 사무실로 출근하는 길을 택한다. 그러면 총 6500보가량이 나온다. 시간상으로는 루트1과 비교했을 때 약 이십 분밖에 차이가 나지 않으므로, 빠듯하게 바쁜 상황이 아니라면 루트2에서 갤러리아 백화점을 찍는 코스로 걷는다. 오늘은 좀더 걷고 싶다 하는 충동이 들면 영동대교까지 찍고 사무실로 가는데, 그러면 대략 8천 보 정도가 나온다. 이것이 나의 기본 출근길이다.

일일 3만 보를 걷기 위해서는 여기에 더해 우리 걷기 멤버들이 아주 중요하게 생각하는 이른바 '생보', 생활 속 걷기를 실천하는 것이 중요하다. 평소 우리는 자리에 가만히

이렇게 서울을 걸어서 쏘다니면
사람들이 알아보지 않느냐는 질문을 자주 받는다.
아무 문제 없다. 왜냐하면 대체로 이렇게 눈만 내밀고 다니기 때문에.
또 알아본들 어떠랴.
누군가 알아보면 반갑게 인사 나누고 계속 걸으면 된다.

앉아서 이야기하는 법이 거의 없다. 약간 이상해 보이겠지만 우리는 서서 이야기를 나눈다. 이쪽에서 저쪽으로 어슬렁거리고 왔다갔다하면서 걸음수를 계속 올린다. 남들이 보기엔 다소 산만해 보이겠지만, 각자 몸을 움직이고 우리가 차지한 공간을 넓게 쓰면서 서로의 이야기에 더욱 집중한다.

한편, 모든 사람에게 일률적으로 강제하기는 힘든 일이지만 걷기 멤버들은 종종 이런 이야기도 한다.

"도대체 누가 텔레비전을 앉아서 봐?"

당연히 '제뛰'를 하며 보는 게 원칙이다. 이 역시 우리 걷기 모임 멤버들이 쓰는 용어로 '제자리뛰기'를 말한다.

우리의 구호는 또 있다.

"비상구만이 살 길이다."

이것은 재난 상황이 아닌 일상에서도 마찬가지다. 엘리베이터 금지, 에스컬레이터도 금지. 무조건 계단으로 오르내린다. 이런 식으로 '생보'를 좀 야무지게 챙겼다 하는 날에는 그저 '생보'만으로도 5천 보쯤은 더 찍힌다.

하루 일과가 끝나면 다시 집으로 걸어간다. 이때는 피곤하니까 '돌려깎기'는 거의 하지 않는다. 이렇게 하루를 알차게 보내고 나면 보통 2만 5천 보가 나온다.

이것은 '생보'를 사수하는 중요한 팁인데, 하루 중 시간을 가장 많이 보내는 곳 주변에 공원이나 걷기 좋은 장소를 파악해두어야 한다. 오늘 걸음수가 영 부족하겠다 싶은 느낌이 들면, 일과 중에도 수시로 도산공원에 들른다. 도산공원은 한 바퀴에 600보짜리다. 부족한 걸음수만큼 돌아준다.

우리 멤버들은 걷기 좋은 새로운 장소를 발견하면 가장 먼저 이렇게 묻는다. "여기 몇 보짜리야?" 당장 함께 걸어보고 몇 보인지 기억해둔다. 나는 운동량이 좀 부족하다 싶은 날에는 도산공원에 들러 열 바퀴 정도 돈다. 이렇게 6천 보가 또 추가된다.

귀가 후 개들과 함께 산책하는 것도 좋다. 나는 영화 〈터널〉에서 탱이와 함께 연기한 뒤로 어쩐지 정이 들어서 개 두 마리를 입양했다. 탱이는 사실 곰탱이와 밤탱이라는 두 마리의 퍼그가 연기한 것인데, 실제로 탱이를 연기한 퍼그들을 데려올 순 없어서, 비숑 프리제 복실이와 프렌치 불독 땡칠이를 입양했다. 이 녀석들과 산책하는 것도 즐겁긴 하지만, 사실 애로사항이 있어서 오래 걷는 건 무리다. 나는 한참 더 걷고 싶은데, 개들은 삼사십 분만 걸어도 지쳐서 더는 안 걸으려 하기 때문이다. 대부분 개를 키우는 사람들이 산책 좋아하는 개들 때문에 체력이 달려서 끌려다닌다고들 하는데, 나는 반대다. 길 한가운데 배를 깔고 푹 퍼진 개들을 억지로 끌고 갈 순 없어서, 처음에는 자주 품에 안고 들어왔다. 하지만 이게 산책하는 건지 개들을 후송하는 건지 알 수가 없게 되어, 지금은 개들과는 동네 마실 수준의 산책만 하고 얼른 돌아온다.

걷기를 즐기기 시작한 후로 나는 거의 구두를 신지 않는다. 어디서든 걸어야 하기 때문에 늘 운동화를 신고 다닌다. 하루 3만 보를 작정하고 한 번에 걸으려들면 금세 포기하기 십상이다. 하지만 생활 속에서 '한 보만 더 걷는다' '웬만하면 바퀴보다는 내 다리로 간다'는 원칙을 정하면, 걸음수가 착착 쌓여가는 것을 볼 수 있다.

만약 누가 하루 만 보를 걸으면 무조건 만 원을 주고 1보당 1원씩 적립해서 환전해준다고 하면 어떨까, 하는 엉뚱한 공상을 해본 적이 있다. 걷기야 팔다리를 움직이기만 하면 되는 쉬운 일이니 그것만으로도 돈이 생긴다면 사람들은 악착같이 걸을 것 같다. 그런데 나중에 나이들고 아픈 다음에 병원비를 왕창 들일 생각을 하면, 지금 우리가 걷는 만 보는 억만금의 가치가 있다는 게 내 생각이다.

오늘 우리가 고단함과 귀찮음을 툭툭 털고서 내딛는 한 걸음에는 돈으로 헤아릴 수 없을 만큼의 가치가 있다. 나의

걷기를 즐기기 시작한 후로 나는 평소에는 구두를 거의 신지 않는다.
생활 속에서 '한 보만 더 걷는다' '웬만하면 바퀴보다는 내 다리로 간다'는
원칙을 정해두었다.

오늘을 위로하고 다가올 내일엔 체력이 달리지 않도록 미리 기름 치고 돌보는 일.

나에게 걷기는 나 자신을 아끼고 관리하는 최고의 투자다.

10만 보 일기

사점을 넘어
계속 나아가기

하와이에 가면 하루에 4만 보(내 걸음으로 약 30킬로미터 정도 되는 거리) 이상은 반드시 걷겠다고 다짐한다. 새벽에 나가 걷기 시작하면 일출을 볼 수 있다. 어슴푸레한 하늘이 순식간에 밝아지고 시야가 점점 넓어지면서 태양이 오늘 내가 걸어갈 길을 환하게 비춰준다.

해 질 무렵에도 나가서 걷는다. 노을이 흰 구름에 물감처럼 번지는 것을 보면서 나는 걷는다. 영영 끝나지 않았으면 하는 낭만적인 감상마저 드는 길을 걷다보면 금세 숙소에 도착한다. 아쉽지만 괜찮다. 걸은 후의 기분좋은 나른함과 허기를 풀어줄 저녁식사가 기다리고 있을 테니까.

숙소에 들어서자마자 얼음을 가득 채운 통에 묻어둔 캔 맥주 하나를 꺼내든다. 혀끝에 닿는 순간 뇌가 얼음처럼 쩡, 하고 쪼개지는 것 같은 시원한 맥주의 맛. 하와이의 맥주는 종일 땀흘리며 걸은 자에게 주어지는 짜릿한 선물이다.

하루의 시작과 끝이 이리도 행복할 수 있을까? 걷는다는 것, 이 투박하고 촌스러운 인간의 본능적인 행위를 통해 나는 행복감을 느낀다. 나는 하와이에서 내가 배우라는 것조차 잊은 채 대자연에 풀어둔 동물처럼 원 없이 걷고 먹고 숨쉰다. 때로는 이런 삶이 정말 인간다운 삶이 아닐까 하는 생각마저 든다. 물론 일 년 내내 이렇게 지낼 수는 없겠지만, 바쁜 일정이 이어지는 틈바구니에 단 며칠의 휴일이라도 생기면, 나는 하와이로 떠나 마냥 걷고 싶어진다.

걷는 사람들의 천국인 하와이에서 한국보다 덜 걷는다는 것은 아까운 일이다. 그래서 우리 걷기 모임 멤버들은 하와이에 가면 잘 챙겨먹고 잘 자면서 오로지 걷는 데 몰두한다. 숙소 주변 환경과 몸상태를 걷기 모드에 맞추고 철저하게 관리한다. 이미 걷기가 가져다주는 기쁨과 활력을 모두가 체험했기 때문에 가능한 일이다. 우리는 더 행복해지기 위해 하와이에 왔고, 그래서 함께 걷는다.

하와이에 오면 걷기 기록을 경신하고 싶어진다. 한국에

하루의 시작과 끝이 이리도 행복할 수 있을까?
걷는다는 것, 이 투박하고 촌스러운 인간의 본능적인 행위를 통해
나는 행복감을 느낀다.

서도 보통 매일 2만 보 이상씩은 걷는 멤버들에게 하와이에서 그 두 배인 4만 보를 채우는 일은 그다지 어려운 일이 아니다. 밤에 금방 잠에 곯아떨어질 만큼의 적절한 나른함이 찾아들 뿐 4만 보 정도는 별로 힘들지 않다. 어느 날 걷기 모임 멤버들은 우리 자신을 넘어서 더 높은 고지에 도전해보기로 했다.

하루 10만 보, 가능할까? 뭘 고민해? 일단 해보는 거지!

멤버들은 디데이를 앞두고 체력 관리에 들어갔다. 10만 보 걷기란 약 84킬로미터를 하루 만에 걷는다는 것이다. 마라톤 풀코스의 두 배 정도 되는 거리이고 보통 걸음으로 약 스무 시간이 소요되기 때문에 결코 만만하게 볼 일이 아니다. 우리가 하와이에서 평균 4만 보 정도를 찍는 걷기 베테랑들이라고는 해도, 어느 날 갑자기 10만 보를 덜컥 걷기는 힘들다. 5만 보 정도까지는 별다른 준비 과정이 없어도 다들 해내는 편이지만, 10만 보는 차원이 다르다.

우리는 '10만 보의 날'을 위해 서서히 걸음수를 늘려나가면서 몸이 놀라지 않도록 준비하기 시작했다. 며칠에 걸쳐서 4만 보에서 5만 보로 슬쩍 늘려서 걷고, 그다음에는 5만 보에서 7만 보로 또다시 늘려 걸으면서 계속해서 몸을 적응시켜나갔다.

2016년 10월 15일, 드디어 찾아온 하와이 10만 보의 날.

우리는 한국 시간 기준으로 핏빗의 걸음수가 0보로 세팅되는 새벽 5시에 출발하기로 했다. 이렇게 본격적으로 걷는 날에는 흡사 육상선수처럼 기능성 운동복을 갖춰 입는다. 통기성이 좋은 반팔티에 반바지, 그리고 사뿐한 운동화를 착용한다. 특히 반바지는 관절이 계속 접혔다 펴지는 무릎을 스치지 않도록 무릎 위에서 딱 떨어지는 길이로 선택한다. 한참 걷다보면 아무리 깃털 같은 옷자락이라도 관절에 살짝 스치는 것만으로도 성가시고 힘들어지는 법이니까.

산티아고 순례길을 걷는 사람들도 처음엔 제 몸통만한 배낭을 가득 채우고도 모자라 컵이며 옷을 가방에 주렁주렁 걸고 걷다가, 나중에는 하나하나 내려놓고 짐을 버리며 걷게 된다 하지 않던가. 평소엔 무던한 사람이라도 체력적으로 한계 상황이 오면 한없이 민감해질 수 있다. 뾰루지 난 피부에 스치는 깔깔한 옷의 감촉, 미처 자르고 오지 않은 거스러미 등 작은 불편함조차 지옥처럼 느껴지는 법이다.

나는 출발 전 양말의 탄성까지도 꼼꼼하게 확인했다. 발을 너무 옥죄어서 갑갑하게 느껴지거나 반대로 너무 헐거워서 발목에서 줄줄 흘러내리지 않는 양말을 신어야 한다. 몸이 받는 하중은 최소화할수록 좋으니 가방은 간편한 히프색 정도로 준비한다. 그 안에 넣을 필수품은 선블록과 파우더. 걷다보면 계속 땀이 나기 때문에 살이 접히는 부분이 쉽게 짓무르고 땀띠가 난다. 아침 출발 전에 바르는 것은 물론이거니와 쉬는 시간마다 부지런히 덧발라주어야 한다.

10만 보 대장정의 날, 우리는 종일 걸었다. 새벽 5시에 출발해 아침 9시까지 걷다가 아침밥을 먹고 잠시 휴식 시간을 가진 뒤, 낮 12시부터 점심을 먹고 또 걸었다. 자정까지 계속 걸었다. 물론 걷는 시간 1교시 오십 분, 쉬는 시간 십 분은 꼬박꼬박 지켜가면서.

날씨가 적당히 흐려서 좋았다. 걷기에는 뙤약볕이 내리쬐고 일교차가 큰 맑은 날보다는 구름 지붕이 드리운 흐린 날이 좋다. 게다가 이날은 도중에 부슬비까지 내려서 더위와 열기를 식혀주었기에 걷기에는 최적의 날씨였다. 만약 날씨가 도와주지 않았더라면 첫 10만 보 여정에 낙오자가 생겼을지도 모르겠다. 10만 보를 완주하려면 '하늘의 도움'도 약간, 필요한 것이다.

많은 사람들이 일상 속에서 1만 보 걷기도 어려워하는 판에, 그 열 배인 10만 보를 하루에 다 걷기 위해서는 무엇보다 각자의 '깡다구'가 필요하다. 돌아보면 다들 대체 어떻게 해낸 건지 놀랍기만 하다.

많은 사람들이 일상 속에서 1만 보 걷기도 어려워하는 판에,
그 열 배인 10만 보를 하루에 다 걷기 위해서는 무엇보다
각자의 '깡다구'가 필요하다.
돌아보면 다들 대체 어떻게 해낸 건지 놀랍기만 하다.

일단 5만 보까지는 괜찮았다. 이때까지만 해도 모두들 컨디션이 좋았고, 끝까지 해낼 수 있을 것 같다는 낙관이 멤버들 사이에 흘렀다. 표정도 밝고 대화도 자연스럽게 이어졌다. 그런데 5만 보가 지난 순간부터 거짓말처럼 분위기가 급변했다. 사람마다 그 고비가 찾아온 시점에 약간의 차이가 있긴 했지만, 5만 보를 넘어서자 어김없이 위기가 찾아왔다.

얼굴이 달아오르고 입이 바짝바짝 마른다. 자연히 대화도 급격하게 줄어든다. 그래도 어떻게든 버티면서 가보려는데, 다리는 돌덩이처럼 무겁고 발바닥이 화끈거려서 땅을 디딜 때마다 너무 아팠다. 무엇보다 숨이 가쁘고 열이 올라서 도저히 더는 걸을 수 없을 것 같다는 느낌이 들었다. 사점死點이다. 말 그대로 죽을 것 같은 순간. 옷은 땀에 푹 절었고 머리칼은 만신창이다. 몸도 몸이지만 무엇보다 더이상 걷고 싶지 않다는 마음을 견디는 것이 힘들었다. '난 아무래도 안 되겠는데' 포기 선언이 목구멍까지 차오른다. 하지만 그 고통을 문장으로 엮어서 입 밖에 내보낼 힘조차 없다. 그냥 걷는다. 무아지경 상태로 걷는다.

그럼에도 어찌어찌 버텨서 7만 보까지 찍으면 아까 사라졌던 낙관이 아주 잠시 찾아든다. 어쩐지 해볼 만한 것 같고, 곧 길 끝에 도달하리라는 희망의 순풍이 살짝 볼을 스친다. 하지만 방심하지 마라. 여기서 5천 보가량만 더 걸으면 금세 그 마음이 또 뒤집히니까.

'아까 진작 그만뒀어야 했나' 하는 후회가 마음속에서 꿈틀거린다. 다리가 내 의지와는 상관없이 작동하는 고장난 부품 같다. 한 보 한 보가 너무나 힘들 뿐만 아니라 이제는 '귀찮다'는 생각마저 든다. 고통보다 사람을 더 쉽게 무너뜨리는 건, 어쩌면 귀찮다는 생각인지도 모른다. 고통은 다 견뎌내면 의미가 있으리라는 한줌의 기대가 있지만, 귀찮다는 건 내가 하고 있는 모든 행동이 하찮게 느껴진다는 거니까. 이 모든 게 헛짓이라는 생각이 머리에 차오른다는 거니까.

아니 대체 하와이까지 와서 내가 왜 이 짓을 하고 있는 거지? 뭐를 위해서 내가 이렇게 가고 있는 거지? 10만 보를 걸어서 뭐하자고? 근본적인 회의가 들기 시작한다. 걷자면 계속 걸을 수 있을 것 같긴 한데, 대체 이게 무슨 의미인지 잘 모르겠다. 무의미하다고 생각하니 갑자기 걷는 목적을 잃어버렸다.

그 당시에는 다들 이런 고통과 회의에 푹 잠긴 상태로 계속 걸어서 잘 몰랐는데, 지금 생각해보면 조금 흥미롭게 느껴진다. 하와이에 왔으니 10만 보 걷기에 도전해보자며 다 함께 목표를 설정한 것 아닌가? 그런데 왜 걷고 있는 도중에 갑자기 그 '의미'란 걸 찾으면서 포기하려고 했을까? 어쩌면 고통의 한복판에 서 있던 그때, 우리가 어렴풋하게 찾아헤맨 건 '이 길의 의미'가 아니라 그냥 '포기해도 되는 이유'가 아니었을까?

애초부터 모든 것이 잘못되어 있었다고, 이 길은 본래 내 것이 아니었다고, 그렇게 스스로 세운 목표를 부정하며 '포기할 만하니까 포기하는 것'이라고 합리화하고 싶었던 거다.

이것은 꼭 걷기에 관한 얘기만은 아닐지도 모르겠다. 살면서 유난히 힘든 날이 오면 우리는 갑자기 거창한 의미를 찾아내려 애쓰고, 그것을 발견하지 못하면 '의미 없다' '사실 처음부터 다 잘못됐던 것이다'라고 변명한다. 이런 머나먼 여정에서 길을 잃었을 때는 최초의 선택과 결심을 등대 삼아 일단 계속 가보아야 하는데, 대뜸 멈춰버리는 것이다.

장거리를 걸을 때는 지치기 쉽다. 판단력도 흐려진다. 그러므로 걷는 시간보다 더 신경을 곤두세워야 하는 때가 있다. 바로 '쉬는 시간'이다. 평소보다 많이 걸을 때는 운동화 속의 아주 작은 모래 알갱이 하나가 발바닥 전체를 망가뜨릴 수도 있는 법이다. 그러면 잘 참고 걸어왔던 그간의 시간도 물거품이 되어버린다. 그러니 쉬는 시간에는 지쳤다고 숨만 훅훅 몰아쉴 것이 아니라 정신을 바짝 차리고 운동화

누구도 쉬지 않고
계속 걸을 수는 없는
것이다.

속과 두 발의 상태를 꼼꼼하게 확인하며 다음 오십 분을 준비해야 한다. 지쳤다고 그냥 늘어진 채로 목구멍에 물만 들이부으면 영락없이 탈이 난다.

누구도 쉬지 않고 계속 걸을 수는 없는 것이다.

이제 곧 10만 보 고지가 가까워온다. 목표점이 눈앞에 보이는 것만으로도 다들 조금씩 여유를 되찾는다.

도저히 나가서 걸을 수 없을 것만 같은 날, 혹은 걷다가 체력이 달려서 집으로 당장 돌아가고 싶었던 날, 그런 순간들을 견디게 만든 것은 결국 걷기를 다 마치고 돌아올 때의 성취감이었다는 것을 기억해낸다. 그러니 어쩌면 한 걸음 한 걸음은 미래를 위한 저축 같은 것이다. 지금은 별 의미가 없어 보이고 오히려 괴롭기까지 하지만 훗날 큰 감동과 의미를 선물해주니까.

마침내 우리는 그 숱한 고뇌와 체력의 한계를 딛고 10만 보를 찍는다. 터덜터덜 걸음 속도를 늦추면서 서로 간격을 좁히고 핸드폰 카메라 앞에 옹기종기 모인다. 웃는다. 장난치고 떠든다. 사진을 찍는다. 일상의 여느 때처럼.

가끔 그날의 사진과 동영상을 꺼내서 바라본다. 지쳤지만 만족스러운 표정, 떠들썩한 환호성이 그날을 웃으며 떠올릴 수 있게 해준다. 물론 다시 10만 보에 도전하겠냐고 묻는다면 쉽사리 당장이라도 다시 하겠다고 대답할 엄두는 나지 않는다. 그러나 포기하지 않고 끝까지 걸은 그날의 경험은 내게 자신감을 더해주었다. 앞으로의 내 삶에 어떤 날들이 펼쳐지든 건강하게 걸을 수 있는 두 다리만 있다면 기꺼이 받아들이겠노라는 겸허함도 덤으로. 그저 다리를 뻗고 팔을 흔들며 끝까지 걸었을 뿐인데, 내 삶의 어떤 터닝포인트도 살짝 넘어선 것만 같다.

죽을 만큼 힘든 사점을 넘어 계속 걸으면, 결국 다시 삶으로 돌아온다.
죽을 것 같지만 죽지 않는다.
우리는 아직 조금 더 걸을 수 있다.

언젠가 나의 인생길에서도 사점이 나타날지 모른다. 그때도 나는 하와이에서 10만 보를 찍었던 기억으로, 아무리 힘들어도 결국 다시 일상으로 돌아올 수 있으리라는 믿음으로, 버티고 걸어나갈 것이다.

죽을 만큼 힘든 사점을 넘어 계속 걸으면
결국 다시 삶으로 돌아온다.
우리는 아직 조금 더 걸을 수 있다.

눈물고개를 지나면 반드시 먹고 쉴 곳이 나올 거야

우리집 큰 마당, 한강 따라 걷기

나는 한강을 '내 집 마당'이라고 생각하며 산다. 한때는 봄이 오면 한강 변을 지나다가 허전해 보이는 곳에 몰래 나무를 심곤 했다. 얼마 후 가보면 뽑혀 있는 경우도 있었지만, 그래도 봄이 오면 나는 내 집 정원을 꾸미듯이 나무를 심었다. 물론 아무리 선의라고는 해도 아무 곳에나 나무를 심으면 안 된다는 얘기를 듣고는, 이제는 내 마음이 가는 장소라도 사전에 허락을 구하지 않고 식물을 심지는 않는다.

영화 〈군도〉를 찍을 때 담양 대나무숲 사유지에서 촬영을 하게 되었다. 내가 나무를 유별나게 좋아하니 그 대나무숲 주인께서 감사하게도 내게 대나무 100그루를 선뜻 선물하겠다고 했다. 하지만 이걸 어디다 심는단 말인가. 나는 내 마음속의 앞마당, 한강 둔치 쪽에 연락을 취해보았다.

"안녕하세요, 배우 하정우라고 하는데요. 대나무 100그루를 둔치에 심을 수 있을까요?"

운반비용, 나무를 심는 비용 등은 모두 내가 부담할 작정이었다. 한강 둔치 어딘가에 대나무숲이 있다면 멋지지 않을까? 하지만 한강 생태계를 관리하는 원칙들이 있기 때문에 아무리 아름답다고 해도 타 지역의 식물을 옮겨심는 것은 불가능하다는 답을 들었다. 아쉬웠지만 지금도 나는 내 상상 속에서 한강 변에 내가 좋아하는 이런저런 식물들을 심는다.

나는 오래전부터 한강 변을 걸어왔다. 행주대교나 팔당대교 끝까지도 걸어다닌다. 한강 변도 내가 처음 걷기 시작할 때보다 나무도 많아지고, 점점 더 걷기 좋은 코스가 되어가고 있다.

한강을 따라 걸을 때는 한남대교를 기준으로 주요 루트가 나뉜다. 서쪽 방향으로 걸으면 행주대교, 동쪽 방향으로 가면 팔당대교, 각각 어느 다리를 찍고 오느냐에 따라 다양한 코스가 가능해진다. 시간과 체력이 제법 소요되므로 우리 멤버들 사이에서는 하이킹 한번 가자 싶을 때 하루 날을

나는 오래전부터 한강 변을 걸어왔다.

한강을 '내 집 마당'이라고 생각하며 산다.

아래는 새벽에 걷다가 들르는 나의 단골 카페, 한강 편의점.

잡아서 다 함께 움직인다. 물론 끝까지 가기도 하고 중간 지점까지만 찍고 돌아올 때도 있다.

동쪽 코스와 서쪽 코스 중에서 나는 동쪽을 더 선호한다. 오늘 가볍게 산책해볼까 하면 한남대교 기준으로 잠실대교까지 찍고 온다(약 두 시간 반에서 세 시간 정도가 소요된다). 오늘은 좀더 걷자 싶으면 광진교까지 간다. 이때 아차산 생태공원을 지난다. 바람에 흔들리는 초록색 나뭇잎들을 보며 나무 사이로 걸으면 내가 지금 대도시 한가운데 있다는 사실을 잠시나마 잊게 된다.

좀더 걸어가서 늦은 점심을 먹는 코스도 있다. 올림픽대로의 끝무렵에서 중부고속도로로 이어지는 강일IC를 지나 계속 걸으면 우리 걷기 멤버들이 자주 가는 '느티나무집'이 나온다. 마치 시골집에 온 것처럼 푸근하고 정겨운 밥집이다. 아침 8시쯤 출발하면 오후 1시 반경에 도착하는 코스다. 다만 이 맛있는 시골밥을 먹기 위해서는 강일IC를 지나기 전에 이른바 '눈물고개'를 넘어야 한다. 고덕산을 끼고 있어서 경사가 상당히 가팔라지는 길이므로 걷기에 통달한 우리 멤버들도 모두 눈물을 흩뿌리며 올라간다. 올라갈 때는 고되지만 내려올 때의 풍경이 더없이 황홀하다. 강이 유유히 흐르고 눈앞에 짙푸른 녹음이 드넓게 펼쳐진다. 식당에서 국수나 매운탕을 푸지게 먹은 후에 슬쩍 졸기도 하면서 두 시간 정도 더 푹 쉬면 어느덧 저녁이 온다.

혹시 여기서 더 간다면? 물론 갈 수 있다! 그래, 얼렁뚱땅 팔당댐까지 가는 것이다. 물론 이 루트를 선택할 경우 다시 걸어서 돌아오는 것은 불가능하다. 그래서 우리들은 여기까지 가게 되면 술을 한잔하고, 돌아올 차편을 따로 구해서 집으로 간다.

동쪽을 더 좋아하긴 하지만, 서쪽 코스도 서울의 요지들을 끼고 요리조리 굴려볼 수 있다. 일단 63빌딩 앞까지 갔다가 온다. 2만 보가량이 나오는데 뛰면 한 시간 만에도 갔다 올 수 있다. 다만 올림픽대로는 일직선이라 걸을 때 별로 재미가 없다.

평지를 걷는 건 영 심심해서 못하기 때문에 만약 여기에 등산을 좀 추가해서 오르락내리락하고 싶다면, 번외편으로 남쪽과 북쪽 코스도 있다. 먼저 내가 남산까지 가는 코스는 대략 이렇다. 반포대교나 한남대교를 넘어 순천향 대학병원 방면으로 올라가서 하얏트 호텔을 끼고 남산까지 갔다가 정상을 찍고 돌아온다. 혹은 청계산을 타는 것도 괜찮다. 잠실종합운동장 앞에서 탄천으로 우회전하여 쭉 따라 걷는데, 이 경우에는 전철을 한번 타서 도심을 통과해야 한다. 전철 안에서 비축한 체력을 에너지 삼아 청계산의 옥녀

한강 변을 따라 걷던
어느 동틀 무렵에.

지금까지는 어디까지나

나와 우리 걷기 멤버들의 루트일 뿐.

당신은 동서남북 어디로도 갈 수 있다.

당신이 사는 곳 주변에 당신만의 트레킹 코스를 만들어보는 건 어떨까?

'내가 가는 곳이 길이 된다.'

봉까지 올라갔다 오면, 남쪽 코스도 완성이다.

이것은 어디까지나 나와 우리 걷기 멤버들의 루트다. 아마 각자 사는 동네와 주로 가는 곳이 다를 것이므로, 각자의 개성과 취향에 따라 자신만의 길과 행보를 만들 수 있다. 당신은 동서남북 어디로도 갈 수 있다. 내가 사는 곳 주변에 내 이름을 붙인 트레킹 코스를 만들어보는 건 어떨까? 누군가 말한 것처럼 '내가 가는 곳이 길이 된다.'

하와이 걷기 코스

제2의 집

나에게 하와이는 제2의 집과 같은 곳이다. 나를 편안하게 해주고 내 몸과 마음을 돌볼 수 있는 곳. 그러니 어쩌면 내게 하와이에 가는 일은 여행이라기보다 귀가라고 말해야 정확할 것이다. 나는 항상 집으로 돌아가고 싶다. 그렇다면 집으로 돌아가서 무엇을 하느냐? 걷는다. 나는 더 제대로 걷기 위해 자꾸만 하와이에 가는지도 모른다.

하와이에서 걷기 모임 멤버들과 나는 주로 호놀룰루 와이키키의 레지던스에 묵는다. 하와이에 가본 적은 없더라도 누구나 한 번쯤은 들어보았을 와이키키 해변이 이 근방에 펼쳐져 있다. 내가 묵는 숙소 앞으로는 바다가 펼쳐져 있고 뒤편에는 강이 흐른다. 나는 사람들로 북적이는 바닷가보다 강변을 따라 쭉 걷는 것을 좋아한다.

숙소에서 4천 보 정도 걸으면 하와이에서 가장 오래된 공원인 카피올라니 공원이 나온다. 카피올라니 공원은 와이키키 해변의 동쪽 끝에서부터 무려 10만 년 전에 화산 폭발로 만들어진 분화구인 다이아몬드 헤드가 있는 서쪽까지, 그 규모가 방대하다. 드넓은 그늘을 드리우고 있는 반얀나무 길과 탁 트인 잔디밭 사이를 걷다보면 크고 작은 일들로 뭉쳐 있던 가슴이 부드럽게 풀린다.

카피올라니 공원을 한 바퀴 돌면 3300보가량을 찍는다. 집에서 공원까지 왕복 8천 보이고, 공원을 한 바퀴 돌 때마다 3300보가 더해지니, 그저 카피올라니 공원을 오가는 것만으로도 만 보는 금방 채운다.

숙소에서 강을 따라 카피올라니 공원으로 가는 루트는 다른 루트에 비해 상대적으로 길어서 해 질 무렵 여유 있게 걸으면 좋다. 숙소에서 노을이 질 때 창밖을 바라보면 하늘의 빛깔이 무척 아름다워서 핸드폰으로 자꾸만 사진을 찍게 된다. 어떻게 노을이 오렌지색뿐만 아니라 핑크색까지 담고 있을까? 아직 해가 남아 있을 때 나와서 걷다보면 그 노을이 내 머리 위로 가만히 흘러간다. 이토록 초현실적인 빛깔의 하늘을 머리 위에 모자처럼 얹고 걷는 게 좋아서, 늦

하와이에서
아직 해가 남아 있을 때 걸으면
노을이 내 머리 위로
가만히 흘러간다.

이토록
초현실적인 빛깔의 하늘이라니.
나는 머리 위에 노을을 모자처럼 얹고
걷고 또 걷는다.

은 오후에는 주로 이 루트를 택한다.

서쪽 방향에도 좋은 공원이 있다. 알라모아나 공원은 한 바퀴 돌면 1000보 정도가 나오는 아담한 공원이다. 와이키키 해변에서도 가깝기 때문에 사람들이 많이 찾아온다. 카피올라니 공원에 비해 가볍게 걸을 수 있기 때문에, 주로 외출했다가 점심을 먹으러 금방 들어와야 하는 오전 시간대나 일정 중간에 시간이 뜰 때 부담 없이 다녀온다. 우리 멤버들 중 걷기에 가장 미쳐 있는 멤버 김준규는 숙소에 함께 있다가도 갑자기 '저, 잠깐 다녀올게요' 하고는 휙 사라지는데, 어딜 갔나 추적해보면 이곳 알라모아나 공원에 가서 열 바퀴씩 걷다가 돌아온다.

하지만 역시 좀 걸어야겠다 싶을 때는 카피올라니 공원 쪽을 선택한다. 앞서 소개한 일상적인 루트에 걷기 멤버들이 가장 힘들어하는 옵션 두 개, 즉 '돌려깎기'와 '체소심' 구간을 추가하면 그날 밤에는 영락없이 모두 꿀잠을 잔다. 카피올라니 공원을 지나 서쪽으로 가면 나오는 다이아몬드 헤드는 화산분화구 꼭대기의 암석들이 햇빛을 받으면 다이아몬드처럼 눈부시게 반짝인다고 해서 붙여진 이름으로, 하와이의 상징과도 같다. 가끔 우리는 카피올라니 공원으로 직행하기 전에 다이아몬드 헤드를 끼고 돌아서 공원으로 가는데, 이것을 우리는 '돌려깎기'라고 부른다. 아무래도 목적지로 바로 가는 것보다 거리가 훨씬 늘어나니까 다들 부담스러워할 수밖에 없다. 이렇게 돌려깎기를 하고 목적지인 카피올라니 공원으로 와서 세 바퀴 정도를 돈다. 이러고도 컨디션이 괜찮다 싶은 날이면 돌아오는 길에 트럼프 호텔 옆에 있는 작은 공원에 들러 또 몇 바퀴를 돈다.

이때 우리들 사이에서 일명 '체소심'이라 불리는 구간을 통과한다. '체소심' 구간이란 '체력 소모가 심한' 구간의 줄임말로 와이키키 해변을 지칭한다. 왜 체력 소모가 심한가 하면, 해변가에 놀러 나온 사람들이 엄청나게 많아서 그 인파를 용감하게 뚫고 지나가야 하기 때문이다. 사람들이 곳곳에 모여 있어서 언제 어떻게 부딪힐지 모르므로 이리저리 잘 살펴보며 돌파해야 한다. 그러다보면 평소처럼 일정한 속도를 유지하며 걷기가 어렵다. 최대한 빠르게 이동해야 하고, 주변을 살피려면 또 이리저리 두리번거려야 하니까 여기서는 아무래도 다들 정신이 없다. 그러므로 일단 체소심 구간을 뚫어보겠다고 결정하면, 그전에 충분한 휴식을 취하며 마음의 준비를 해야 한다.

엄청나게 부담스러운 길인 양 묘사했지만, 사실 체소심

카피올라니 공원.

나의 하와이 걷기 아지트.

구간은 체력 소모가 심한 만큼 스펙터클한 즐거움이 있다. 해변에 놀러 나온 사람들의 즐거운 표정과 분위기를 만끽하며 사람 구경을 실컷할 수 있기 때문이다. 그래서 가끔은 일부러 인파 속에 뛰어들어 모르는 얼굴들 사이를 빠르게 걷는다.

기본 루트에 각자의 취향대로 하와이의 다양한 스폿spot들을 추가하면 그것이 그대로 걷기 코스가 된다. 만약 등산을 하고 싶다면 마키키 산으로 가라. 마키키 산은 해발 240미터 남짓의 나지막한 산이다. 그래서 편한 차림으로 등산을 나온 현지 주민들도 쉽게 만날 수 있다. 정상에 오르면 호놀룰루 시가 한눈에 내려다보이는데 야경이 특히 아름답다.

이쯤 되면 하와이까지 가서 정말 이렇게 걷기만 하는지, 도대체 왜 그렇게 하와이에서 걷는 걸 좋아하는지, 한국에서 걷는 것과 무슨 차이가 있는지 궁금해질지도 모르겠다. 나는 하와이에 가면 정말 이렇게 줄곧 걷는다. 물론 그 외의 시간엔 걷기 모임 멤버들과 함께 식사를 준비해서 먹고 각자의 시간을 갖기도 한다. 하와이에서 혼자 있을 때 나는 주로 그림을 그린다. 한국에서 캔버스와 화구를 싸들고 가는데, 만약 재료가 떨어지면 근처 화방에 걸어가 사온다.

내가 하와이에서 더 열심히 많이 걷는 데는 날씨도 한몫

하는 것 같다. 하와이는 일 년 내내 한국의 초여름과 비슷한 기후를 보인다. 보통은 아주 화창하지만, 어떤 날은 하루에도 날씨가 여러 차례 변덕을 부린다.

나는 하와이에서 비가 살짝 흩뿌리는 흐린 날을 좋아한다. 마치 스프레이로 물을 분사하는 것처럼 줄기가 아주 가느다란 가랑비가 조용히 내린다. 흐리다가도 금방 날이 개어서 무지개가 뜨고 또 밤에는 아주 맑은 하늘을 볼 수 있는 게 하와이다. 맑다가 구름이 끼었다가 스콜이 몰아쳤다가 무지개가 뜨는 변화무쌍한 날씨는 하와이의 명물이다.

나는 하와이의 기후와 온도를 온몸으로 느끼면서 걷는다. 밖으로 나가서 피부로 계절과 날씨의 변화를 느끼며 걸으면, 내가 지금 살아 있다는 감각이 온전하게 느껴진다. 하와이에서 나는 가뭄 끝에 비를 맞는 식물처럼 생생하게 살아난다.

하와이에서 나는 가뭄 끝에
비를 맞는 식물처럼
생생하게 살아난다.

매직 아워를 걷다

한겨울 걷기의 즐거움

나는 하루도 빠짐없이 매일 걷는다. 핏빗에 하루 동안 채워야 할 걸음수를 목표치로 설정해놓고 이 정도는 꼭 걸어야겠다고 다짐한다. 핏빗은 다른 기계에 비해 오류도 적고 디자인도 쑥스럽지 않아서 걷기 초심자들에게도 권할 만하다. (나는 핏빗 회사와 아무런 관련이 없다. 홍보모델도 아니고 처음에 협찬을 받아 사용한 것도 아니다. 이것은 다만 걷는 사람으로서의 사용후기다.) 나는 MP3 기능과 심박수 측정, 수면 패턴 분석 등의 다양한 기능까지 들어간 모델을 사용하고 있지만, 초보자라면 핏빗 알타Fitbit Alta 정도면 충분할 것 같다. 내 걸음수를 정확하게 측정해주고, 오랫동안 움직이지 않으면 진동을 보내서 좀 걸으라고 격려도 해주며, 목표했던 걸음수를 채우면 화면에서 폭죽이 터지면서 작은 축제가 벌어진다. 손목 위의 이 작은 기계가 내가 걷는 걸 이토록 응원해주니 조금이라도 더 걷게 된다.

걷기 전에는 복잡하고 무거웠던 마음이 돌아올 때는 단순하고 가벼워진다. 중요한 일을 앞두고 생긴 불안함이나 초조함도 걷고 나서 집으로 돌아올 때는 말끔히 사라져 있다. 나는 걷기가 나의 삶과 일을 도와준다는 것을 알고 있다. 그래서 천재지변이 일어나지 않는 한 웬만하면 걷는다.

나처럼 걷기가 습관처럼 몸에 붙지 않은 경우라면 날씨나 계절에 따라 밖에 나가서 걷는 일이 부담스러울 수도 있을 것 같다. 특히 엄동설한의 한겨울에는 밖에 나가는 일조차 엄두가 나지 않을 수 있다. 그럼에도 불구하고 나는 일단 걸어보라고 말하고 싶다. 물론 폭우나 폭설이 내리는 상황이라면 당연히 조심해야 한다. 하지만 날씨나 계절의 변화에 위축되어 특정한 어느 계절에는 걷기가 아예 불가능하다고 여기는 이들에게 들려주고 싶은 이야기가 있다. 걷는 것이 한없이 고통스러울 것만 같은 '한겨울 걷기'에도 숨은 매력이 있기 때문이다.

겨울 해는 짧다. 오후 5시 정도만 되어도 어둑어둑해지기 시작한다. 기상 시간은 다른 계절과 비슷한데, 해가 이렇게 빨리 떨어지니까 해 질 무렵이면 우울해지기 십상이다. 별로 한 일도 없는데 벌써 하루가 끝나버린 기분이 들기 때문이다. 깨어 있다고 뭘 더 하는 것도 아니지만 밤에는 괜히 잠도 잘 오지 않는다. 숙면을 못하니 다음날 아침에도 당연히 몸이 무겁다. 그러면 낮 시간을 또다시 좋지 않은 컨디션으로 보내게 되고, 해가 지면 하루를 실하게 보내지 못했다는 생각 때문에 다시 우울해진다. 악순환이다. 겨울이 다른 계절에 비해 유독 힘든 이유는 아마 그래서일 것이다.

나는 귀가 떨어져나갈 것 같은 추위에도 마스크와 모자를 쓰고, 패딩에 스키 장갑을 착용한 채로 밖으로 나간다. 처음에는 바닥에서 올라오는 냉기와 찬바람에 몸이 절로 굳는다. 그러면 오늘은 그냥 적당히 걷다가 일찍 들어갈까, 마음이 약해진다. 하지만 일단 한 발만 떼면 저절로 걸어지는 법이라서 이내 열심히 걷고 있는 나를 발견하게 된다.

걷기의 매력 중 하나는 날씨와 계절의 변화를 피부로 느낄 수 있다는 점이다. 우리는 주로 실내에서 많은 시간을 보낸다. 정신없이 바쁜 날에는 오늘 날씨가 흐렸는지 맑았는지 기억조차 나지 않는다. 하지만 사람도 생명체인지라 날씨의 변화, 온도와 습도, 햇빛과 바람을 몸으로 맞는 일은 중요하다. 이를 통해 살아 있다는 실감을 얻고, 내 몸을 더 아끼게 된다. 봄과 가을의 햇빛이 다르고 여름과 겨울의 나무에서 각기 다른 냄새가 난다는 사실을 안다는 것은 이 지구에 발 딛고 사는 즐거움이다.

겨울은 혹독하게 춥지만, 그 추위를 피부로 느끼는 순간조차 내겐 소중하다.

한참을 걷다 집으로 돌아와 패딩을 벗으면 어느새 셔츠가 땀에 흠뻑 젖어 있다. 한겨울에 이렇게 땀이 많이 날 수 있는지 알게 되면 깜짝 놀랄 것이다. 젖은 옷들을 벗어서 세탁기에 넣어놓고 반신욕이나 족욕을 할 준비를 한다. 이때 절대 빠져서는 안 될 것이 하나 있다. 바로 뜨거운 코코아 한 잔이다. 땀을 뺀 몸은 더없이 상쾌하고, 달콤한 코코아는 꿀맛이다. 적당히 뜨거운 음료가 몸을 노곤하게 만들면서 안정감이 찾아온다. 어떤 생각을 해도 마음이 평화롭고 자유롭다. 기발한 아이디어가 떠오를 것도 같다. 그저 걷기만 해도 매일 이렇게 완벽한 안정감을 경험할 수 있는데 어떻게 걷지 않을 수가 있을까.

나는 한겨울 오후 5시 무렵 걷는 것을 좋아한다. 이 시간을 나는 걷기의 '매직 아워'라 부른다. 매직 아워는 원래 촬

걷기의 매력 중 하나는
날씨와 계절의 변화를
피부로 느낄 수 있다는 점이다.

햇빛의 양이 적당해서
아주 아름답고 부드러운
매직 아워의 하늘.

영할 때 많이 쓰는 단어다. 여명기나 황혼기에 햇빛의 양이 적당해서 아주 아름답고 부드러운 영상을 찍을 수 있는 시간대를 가리킨다. 아마 이 시간대에 하늘을 올려본 적이 있다면 왜 매직 아워라 부르는지 이해할 것이다. 어디 그뿐인가. 한참을 걷다 집으로 돌아오면 또 한번의 마법 같은 시간이 찾아온다. 추위에 움츠러들고 복잡하게 꼬여 있던 속이 풀리면서, 어느새 생기 있고 행복한 상태로 바뀌어 있는 자신을 발견하게 되는 것이다.

추위와 우울이 썰물처럼 밀려가고, 저녁의 아늑함과 내 몸의 온기가 밀물처럼 다가오는 한겨울 오후 5시의 걷기.

우리가 계속 걸어나가는 데 추위 따위는 전혀 문제가 되지 않는다.

2부

먹다
걷다
웃다

복기의 시간

왜? 왜? 왜!
수많은 '왜'들과
대화하다

영화의 흥행 실패는 배우에게 뼈아픈 일이다. 어떤 이들은 내게 '하는 일마다 다 잘돼서 좋겠다'고 말하지만, 나의 필모그래피에는 기대했던 만큼 흥행을 하지 못한 작품도 꽤 있다. 윤종빈 감독과 함께한 영화 〈군도〉도 470만 이상의 관객이 들었지만, 당초의 목표는 훨씬 더 컸기 때문에 내가 왜 좀더 잘하지 못했을까 자책했다.

천만 영화나 기적 같은 성공을 거두는 영화들에는 어느 정도 '운'도 작용하지만, 나는 그 운 역시 관객을 끌어모으는 결정적인 한 방이 있었기에 가능한 것이라고 보는 편이다. 반대로 반드시 성공하리라 믿었던 영화가 관객들의 선택을 받지 못했을 때, 나는 아무리 내가 최선을 다했더라도 더 시도해볼 만한 건 정녕 없었을까 복기한다. 이것은 고통스럽지만 꼭 필요한 과정이다.

대학 시절 내가 삭발하고 연기했던 연극 〈오셀로〉의 캐릭터를 좋아했던 윤종빈 감독은 이렇게 말하곤 했다.

"형, 나는 형이 〈오셀로〉에서 연기한 그 모습 그대로 등장하는 영화를 만들어보고 싶어."

그 말 한마디로 시작된 영화가 〈군도〉다. 내가 맡은 도치는 화상 때문에 민머리가 된 인물이었다. 어떤 배우가 한 시절 연기했던 캐릭터에서 영감을 받아서 영화 한 편을 계획하다니, 감사한 일이다. 그래서 민머리 촬영을 한껏 즐기려 했지만 쉽지 않았다.

나는 촬영장에 가면 보통 커피 한잔을 마시고 메이크업에 들어간다. 그런데 〈군도〉를 촬영할 때는 잠이 덜 깬 상태에서 매일 머리부터 빡빡 밀었다. 뜨거운 수건을 두피에 얹어 긴장을 풀어준 다음, 하룻밤 사이 자라난 머리카락을 민다. 머리카락은 계속 자라니까 머리도 매일 밀어야 했다. 그 다음 두피에 알로에를 발라서 면도날에 닿아 화끈거리는 피부를 진정시킨 뒤 화상 흉터 분장에 들어갔다. 두피에 본드로 흉터 패치를 붙이는 것이다. 인체에 무해한 제품을 사용한다고는 하지만, 본드는 그래도 본드다. 매일 면도날로 밀어대고 본드칠을 한 두피가 성할 리 없었다.

이렇게 도치의 민머리가 완성되면 입가에 수염을 붙이고 사극 의상을 입는다. 이것만으로도 어느덧 세 시간이 훌쩍 지나간다. 이렇게 촬영 준비 과정 자체가 만만치 않기 때문에 체력 소모가 극심했다. 심지어 열심히 걷고 먹으며 체력을 충전하고 싶은데, 촬영 중간에 식사할 때도 수염이 입속으로 자꾸만 말려들었다. 그게 성가시고 원상복구하기도 어려워서 뭘 제대로 먹을 수가 없었다. 뭘 안 먹어도 식사를 마치면 어김없이 수정 분장을 해야 했지만.

게다가 〈군도〉는 7개월 내내 지방에서 촬영했다. 집이라는 익숙하고 안정된 공간을 오랜 시간 떠나 있자니 마음이 편치 않았다. 하루종일 촬영한 후 숙소로 돌아가면 '오늘 하루 잘했다'가 아니라 '잘 버텼다'는 생각만 들었다.

그런데 〈군도〉가 개봉한 뒤 대중들의 반응을 직면하자 나는 그 시간이 몹시 후회되기 시작했다. 내가 육체적 고통에 지고 말았다는 사실을 깨달았다. 미칠 듯이 화가 나서 감정을 추스르기가 어려웠다. 이렇게 고생해서 찍은 영화를 관객들이 충분히 알아주지 않는다는 생각 때문이 아니었다. 그것은 순수하게 나 자신을 향한 자책과 분노였다. 촬영할 때의 육체적 고통은 개봉 후에 관객들의 선택을 받지 못하는 고통과 어려움에 비하면 아무것도 아니었다. 지금도 일 년에 두세 편씩의 출연작이 개봉하지만, 기대한 만큼 관객들의 반응을 얻지 못한 영화는 언제나 뼈아프다.

개봉하고 난 후에야 비로소 보이는 오점은 시간을 되돌려 바로잡을 수가 없다. 내가 연기한 캐릭터는 영화 속에서 영원히 그 상태로 살아가는 것이다. 고된 촬영 현장의 요건들이나 그 시절 나의 개인적인 어려움은, 나의 얼굴로 영화 속에서 영원히 살아갈 캐릭터와 그 영화를 볼 관객들 앞에 작은 핑곗거리도 될 수 없다.

〈군도〉는 언뜻 보면 민중이 들고 일어나 부패한 세상을 뒤엎는 이야기처럼 보인다. 양반과 탐관오리의 착취가 심했던 조선시대가 배경이고 의적떼인 군도가 등장하기 때문이다. 그러니 누구라도 도치가 악당을 물리치고 평화를 불러오는 속시원한 이야기를 기대했을 것이다. 하지만 영화의 결말을 보고 난 뒤 관객들은 애매하고 허탈한 느낌을 받았던 것 같다. 특히나 〈군도〉가 개봉한 2014년 여름은 세월호 참사 이후였기 때문에, 현실 권력에 대한 사람들의 좌절과 분노가 무척 깊은 시기였다. 관객들은 좀처럼 풀기 어려운 울분을 영화에서 조금이나마 해소할 수 있기를 기대했을 것이다. 이러한 사회적 정서와 맞물려 영화에 대한 호응이 조금씩 달라지는 것은 당연한 일이다. 그런 부분까지가 다 관객들의 선택이고 영화가 당대의 사람들과 호흡하는 영역인 것이다. 섭섭하다거나 억울하다는 생각은 절대 할 수가 없다.

〈군도〉에 기대만큼 관객이 들지 않았을 때, 나는 〈허삼관〉을 연출하고 있었다. 매우 중요한 시기였음에도 나는 자다가도 벌떡벌떡 일어나 나 자신에게 화를 냈다. 왜 그리도 바보 같은 결정을 내렸을까. 왜 그때는 이것이 사람들에게 가닿을 수 있다 믿었나. 왜 캐릭터를 이렇게 어중간하게 잡았을까. 왜 시나리오가 이렇게 묘한 방향으로 흘러가는데 내가 진작 다시 생각해보자고 말하지 않았을까. 대체 왜……

〈군도〉에 원하는 만큼 관객이 들지 않은 것은 내게 엄청난 충격이고 상처였지만, 이후 윤종빈 감독과 나는 만날 때마다 〈군도〉에 대한 이야기를 나누었다. 그때의 결정과 선택들을 복기하듯 하나하나 짚어나갔다. 〈군도〉는 우리에게 깊은 상처를 남겼지만, 나에게도 윤종빈 감독에게도 영화에 대해 새롭게 깨우쳐준 고마운 작품이었다.

〈군도〉를 복기하는 우리의 대화는 거의 일 년 가까이 이어졌다.

영화 개봉 후 스코어를 받아들면 언제나 촬영 현장에서의 나를 복기하는 습관이 있다. 복기할 때마다 생각한다. 관객수는 우리가 섣불리 예측할 수도, 장담할 수도 없다는 것을. 내가 할 수 있는 일이란, 개봉 후엔 무슨 수를 써도 다시 돌아갈 수 없는 촬영장에서 힘껏 내 몫을 해내는 것뿐임을.

신데렐라의 비밀

**직장인처럼
운동선수처럼**

술이나 약물에 흠뻑 중독돼 흐트러진 자세, 충동적인 일탈과 자유분방함, 무절제와 탕진하는 습관, 감정 기복, 우울증과 예민함, 그리고 그 불행과 절망을 딛고 태어나는 훌륭한 예술작품들……

사람들이 흔히 상상하는 예술가의 이미지는 대체로 이런 쪽으로 귀결되는 것 같다. 성실하고 규칙적으로, 평범한 직장인처럼 살아가는 예술가의 삶은 상상하기 힘들어한다. 내가 배우이자 감독이면서 동시에 그림까지 그리고 있기 때문인지 가끔 '예술가로서의 자의식'이 충만한 하정우를 상상했다가 나에게 몹시 실망(?)하는 듯한 사람들도 만나게 된다.

"하정우씨는 의외로 바른 생활을 하는 분 같네요?"

이런 말을 들은 적도 있다. 혹은 지금 눈앞의 모습 뒤에 숨겨진 다른 모습이 있을 것이라 생각하며 이렇게 에둘러 질문하는 사람도 있었다.

"좋은 작품은 예술가가 안정적이고 반듯한 길에서 벗어나서 일탈하거나 방황할 때 나오지 않나요?"

사람들이 던지는 이런 질문이 무엇을 의미하는지 안다. 좋은 예술과 안정적인 삶은 양립할 수 없다고 생각하는 것이다. 하지만 나는 단호하게 말할 수 있다. 내가 아는 한 좋은 작품은 좋은 삶에서 나온다.

그렇다고 내가 지금 좋은 삶을 살고 있다고 자신하지는 않는다. 좋은 작품을 만들기가 쉽지 않은 만큼 좋은 삶을 살기도 쉽지 않다. 나는 다만 좋은 작품을 만들기 위해 건강한 삶을 살려고 노력중이다.

물론 역사 속 일부 예술가들의 삶을 보면 예술성과 일상의 안정은 양손에 쥐기 힘든 것처럼 보인다. 어떤 천재적인 예술가들은 불행의 극단이나 모험과 일탈의 순간으로 스스로를 몰아가서 작품을 완성한다. 그들이 왜 그렇게 하는지 충분히 짐작할 수 있다. 바로 그럴 때 생각과 행동이 과감해지기 때문이다. 평소와 다르게 자유로워진 기분이 들면서

금기와 편견을 넘어 거침없이 표현할 수 있을 것 같기 때문이다. 예술이 지금 여기에 발붙이고 있는 나 자신의 한계를 넘어서는 것이라면, 일탈과 충동은 스스로를 완전히 넘어섰다는 착각을 불러온다.

물론 이런 과정에서 한두 번쯤 마음에 드는 결과물이 나올 수도 있다. 대중이 열광하고 추앙하는 작품이 우연히 나와서 인기와 명예까지 얻다보면, 이제는 행복과 안정을 향한 길로 돌아가면 안 될 것 같다는 생각마저 든다. 그래서 '평범하지 않은 상태'에 더욱 집착하게 된다. 번쩍, 하는 충동의 순간에만 좋은 작품이 나올 수 있다고 굳게 믿어버리는 것이다. 그렇게 강도를 점점 높여가다보면 어느 순간 그의 삶은 완전히 망가져버린다.

우리는 바로 그런 것을 예술가의 운명이라 여긴다. 하지만 착각이다. 삶을 올바로 지탱하는 법을 알았더라면 더 오랫동안 좋은 작품을 만들 수 있었을 텐데. 자신의 삶을 망가뜨리며 고통받다가 너무도 빨리 사라져버린 뛰어난 예술가들을 생각하면 마음이 아프다. 한낱 연약한 인간으로서 그 고통의 무게를 견디기가 얼마나 어려웠을까. 그 누구도 이런 삶을 오랫동안 유지하고 감당할 수는 없다.

상대적으로 경험이 적을 수밖에 없는 어린 예술가들일수록 이처럼 번개 같은 찰나에 집착하기 쉽다. 시간을 오래 들여야 쌓이고 깨우치게 되는 것들이 있다. 그런데 초반에 두려움을 이기지 못하고 초조함에 짓눌리면 무슨 짓을 해서라도 빨리 성과를 내고 싶다. 요행을 바라게 되는 것이다.

그러나 내 몸과 삶에 나쁜 것은, 내 작품에도 좋지 않다. 부정적인 충동은 절대 예술가의 연료가 될 수 없다. 예술가의 삶은 단 한순간 불타올랐다가 사그라드는 것이 아니다. 끊임없이 작업하고 이를 통해 인간적으로도 예술적으로도 한 걸음씩 진보하는 삶을 살 수 있어야 한다. 좋은 사람으로 살아가면서 하루에 단 하나의 점만 캔버스에 찍어나가도 10년이 지나면 나의 시간이 집적된 작품이 완성되어 있지 않을까? 단순한 비유이지만, 나는 예술에서 시간을 견디는 일의 중요성을 이야기하고 싶다. 때로는 두렵고 또 때론 지루한 이 모든 과정을 견뎌낼 수 있어야 한다고 믿는다.

내가 걷기를 통해 내 몸과 마음을 단단하게 유지하려고 하는 이유도 여기에 있다. 나는 오랫동안 연기하고 영화를 만들고 그림을 그리고 싶다. 어느 날에는 기대 이상으로 좋은 작품이 나올 수도 있다. 또 어떤 날에는 나 자신에게 너무도 실망스러운 결과가 나올 수도 있다. 중요한 것은 그러한 결과에 휘둘리지 않고 꾸준히 작업해나가는 것이다. 나는 일희일비하지 않고, 꾸준히 작업하고 나아가는 사람이 되고 싶다.

내 주변의 배우들과 내가 좋아하는 작가들도 잘 살펴보면 영락없이 직장인이나 운동선수 같은 일과를 보내는 이들이 많다. 특정한 직장에 매인 몸이 아니니 밤늦게까지 술 마시고 원 없이 놀고 불쑥 여행을 떠나거나 사는 장소를 바꾸기도 쉬울 것 같지만 아니다. 일정한 곳에 출근하지 않는다는 건 그만큼 언제 일이 들어오고 불쑥 스케줄이 잡힐지 모르니 늘 몸을 만들어놓아야 한다는 뜻이다. 느슨하고 여유롭게 사는 보헤미안보다는 중요한 경기를 앞둔 스포츠 선수나 회사의 명운이 걸린 PT를 준비하는 직장인들과 더 닮아 있다.

나도 좋은 사람들과의 술자리를 즐기는 편이지만 새벽까지 진탕 술을 마시는 경우는 많지 않다. 정신과 생활의 리듬을 유지하기 위한 결단이냐 하면 그건 아니고, 사실 나 같은 경우는 그냥 '졸려서'다. 매일 틈만 나면 걸어서인지 나는 한없이 반갑고 행복한 사람들을 만나도 자정 무렵이면 너무 졸립다. 더 있고 싶지만 "난 틀렸어……"라는 말을 남기고 귀가한다. 이러다보니 '신데렐라'라는 별명까지 생겼다. 늦은 밤까지 술을 마시다가 사고를 치거나 애먼 곳에 가서 문제될 일을 만들 수가 없게끔 몸이 세팅되어 있는 것이다.

자정이 가까워오면 '신데렐라'에겐 즉각 신호가 온다. 밀려오는 졸음에 눈을 끔벅거리다가 나는 술자리에 유리구두 대신 그리움을 남겨두고서 집까지 걸어서 돌아온다. 적당히 기분좋을 정도의 술기운과 밀려오는 졸음이 걸음을 재촉한다. 집에 오면 씻고 쓰러져 잔다. 그리고 다음날 아침에 '새 나라의 어린이'처럼 반짝 눈을 뜬다.

일탈도, 치기도 없는 약간은 재미없는 삶이라고 누군가는 말할지 몰라도, 나의 이런 하루가 나는 마음에 든다. 지금 여기서 동이 터올 때까지 매일 축배를 들기엔 아직 나는 갈 길이 한참 먼 사람이기 때문이다.

먹다 걷다 웃다

먹방의 시작은 일상

언젠가부터 사람들이 내게 먹는 연기를 잘한다고들 한다. 새 영화가 개봉하면 이번엔 어떤 '먹방'을 선보였을지 약간 기대하는 것도 같다. 사실 내 먹방을 모은 동영상들이 돌아다니는 걸 보면 조금 쑥스럽지만, 스스로도 이런 생각은 든다. '그놈 참 찰지게 잘 먹네!'

많은 배우들이 씹다가 뱉을 생각을 하고 먹는 연기를 한다. 그리고 테이크가 길어지면 실제로 어쩔 수 없이 음식을 뱉는다. 하지만 난 다 먹는다, 그것도 아주 맛있게. 나는 연기중에 맛있게 먹기 위해서 음식들도 몇 시간 동안 방치된 것 말고 갓 요리한 음식들로 놓아달라고 따로 부탁한다. 그래야 맛있게 먹을 수 있기 때문이다. 내 먹는 연기가 절로 침이 고이게 하고 보는 사람으로 하여금 뜬금없이 그 음식을 먹고 싶게 한다면, 아마 내가 연기하면서 실제로 엄청 맛있게 먹고 있기 때문일 것이다. (물론 〈터널〉에서 탱이와 함께 개사료를 나눠 먹은 장면은 예외다. 그때 나는 실제로 개사료를 먹었는데 흙맛이 났다……)

이렇게 먹는 걸 좋아하는 내가 걷지 않았으면 어땠을까? 체중이 150킬로그램은 족히 넘었을 것 같다. 차태현 형은 보통 사람들 같으면 좀 덜 먹고 덜 걸을 텐데 너 참 특이하다고 말했지만, 나는 다음 생에도 많이 먹고 많이 걷는 쪽을 택하겠다. 세상의 이 무수한 맛있는 음식들을 내가 좋아하는 사람들과 마주앉아 더 많이 먹기 위해서라도, 나는 더 열심히 걸을 테다.

걷기는 많이 먹어도 지나치게 살이 찌지 않게 몸을 관리해주는 동시에 음식을 맛있게 먹기에 딱 좋은 공복 상태를 만들어준다. 너무 힘든 운동을 하면 진이 빠져서 밥맛이 없고, 몸을 너무 움직이지 않으면 소화가 잘 안 되니 또 입맛이 없다. 열심히 걸은 뒤에 먹는 밥은 그야말로 꿀맛이다. 먹는 걸 좋아하는 사람은 열심히 걸어야 하고 열심히 걷는 사람은 잘 먹게 될지니, 걷기와 먹기는 환상의 짝꿍이다.

열심히 걸으러 떠나는 장소인 하와이에서 우리 걷기 멤버들은 먹기에도 열을 올린다. 하와이에 도착한 첫날, 우리가 가장 먼저 하는 일은 네 군데의 마트에 들러 장을 보는 것이다. 하와이에서 우리는 주로 한식을 만들어 먹는데, 그러려면 마트를 돌아다니며 필요한 식재료들을 완비해두어야 한다. 우선 코스트코에 들러 고기와 와인을, 돈키호테 마트에 들러 현지 맥주와 하와이 생수를 산다. 그리고 한인 마켓인 팔라마 슈퍼에서는 김치를, H마트에서는 각종 채소를 산다.

돌아오면 곧장 사골로 육수를 낸다. 우선 사골을 찬물에 담가 핏물을 뺀 뒤 한소끔 끓인다. 그러면 불순물들이 위로 뜨는데 이걸 버리고 다시 한번 끓인다. 처음에 나오는 육수로는 곰탕을 해서 먹는다. 그다음 나오는 육수로는 떡국을 해서 먹는다. 세번째 나오는 육수부터는 식혀서 지퍼백에 담아 냉동실로 옮긴다. 멸치로 맛을 내는 육수는 그날그날 만들 수 있지만, 사골 육수는 미리 만들어서 냉동실에 얼려둔다. 앞으로 우리가 만들게 될 요리의 베이스가 될 소중한 자산이다.

아침에는 무조건 한식을 먹는다. 아침밥을 다 먹고 걸으러 나가기 전에 반드시 거쳐야 할 곳이 있다. 우리가 '재판' 받는다고 표현하는 시간이다. 우리는 각자 화장실에 다녀

하와이에 도착한 첫날

우리가 가장 먼저 하는 일은 장을 보는 것이다.

하와이에서의 지상 과제는 잘 먹고 잘 걷는 것이다.

온 뒤 서로에게 오늘 재판은 순조로웠는지 안부를 물으며 아침 걷기를 하러 나간다. 밥은 잘 먹었는지 소화는 다 되었는지 확실히 재판을 받은 후에야 편안하게 출발할 수 있다. 걷다가 길거리에서 재판 신청이 들어오면 난감하니까.

그런 단어들이 우리에게는 참 많다. 함께 모였을 때 만들어진 단어들, 우리가 쓰면서도 자꾸 웃게 되는 말들. 웃기 위해 의도적으로 만든 단어들이 아닌데도, 돌아보면 우리끼리 쓰는 즐거운 암호와 농담으로 인해 관계가 더 돈독해진다. 나는 앞으로도 우리가 이렇게 아무렇지 않은 일로 함께 웃을 일이 많기를 바란다.

나는 남을 웃기는 걸 좋아한다. 하지만 작정하고 웃기려 들면 과장되기 마련이라 부담스럽고 오히려 재미가 떨어진다. 웃기려고 노력하는 게 느껴지면 이미 그 농담은 실패한 것이다. 유머는 삶에서 그냥 공기처럼 저절로 흘러야 한다. 마음에 여유가 부족하면 이런 유머가 나오기 어렵다. 그래서 나는 일상에서 유머 감각을 잃어버리지 않으려고 노력한다. 촬영현장에서도 사람들의 긴장을 풀어주고 웃기는 일을 좋아한다. 남을 웃기면서 나도 웃는다. 내 유머가 사람들을 웃게 할 때, 나는 내가 마음의 여유를 잃지 않고 좋은 삶을 살고 있다는 생각이 들어 안심이 된다.

하와이의 식탁. 아침에는 무조건 한식을 먹는다.
그리고 우리는 '재판'을 받으러 간다.
걷다가 길거리에서 재판 신청이 들어오면 난감하니까.

한식 조리의 필수 식재료, 대파.
하와이에 머물 때는 이렇게 대파를 길러 먹기도 한다.

웃음에 대한 얘기가 길어졌다. 다시 하와이로 돌아간다. 하와이에서 걸을 때 우리는 거의 흩어지지 않는다. 간격이 멀어져봐야 10미터 정도다. 우리는 걷기의 정예 멤버들이기 때문에 한데 모여 대화를 나누면서 여유롭게 걷는다. 이때 대체로 숙소에 핸드폰도 두고 나온다. 딱히 연락이 올 데도 없는데다, 다 같이 걸으러 나왔는데 전화를 들여다볼 이유가 없기 때문이다.

가끔 한국에서 깜박하고 핸드폰을 두고 외출하면 하루종일 불편하고 허전하지 않나. 하와이에서는 그렇지 않다. 그냥 함께 모여서 걷고 밥해 먹는 일만으로 충분하다. 다 같이 있는 순간이 즐거우므로 누군가의 연락을 애타게 기다릴 필요도, 다른 세상의 소식을 불안하게 서칭할 필요도 없다.

이렇게 걷고 돌아와서 저녁밥을 먹은 다음, 맥주 세 캔이면 기분좋게 하체가 풀려 잠들 수 있다. 현대인의 고질병이라는 불면증이란 우리 사전엔 없다. 함께 잘 먹고 열심히 걷는 것만으로 숙면할 수 있다.

하와이에서 나는 걷고 먹고 웃는 일에 하루를 다 쓴다. 삶의 곳곳에 놓인 맛있고 즐거운 일들을 잘 느끼는 일. 그게 곧 행복이 아닐까 하고 나는 하와이에서 생각했다.

누군가의 연락을
애타게 기다릴 필요도,
다른 세상의 소식을 불안하게
서칭할 필요도 없다.
하와이에서 나는 걷고 먹고 웃는 일에
하루를 다 쓴다.

밥은 셀프

하정우식 얼렁뚱땅 요리법

나는 집밥을 요리해 먹는 걸 좋아한다. 대학생 때부터 자취를 시작했기 때문에 나에게 요리는 일상이고 생활이다. 내겐 삶의 에너지를 얻는 데 걷기만큼이나 먹기도 중요하다. 내 두 다리를 움직여 걸은 만큼, 내 손을 움직여서 끼니를 직접 만드는 과정도 소중하다. 맛이 있든 없든 복잡한 조리 과정을 거치든 간단히 채소를 데치는 것 정도이든, 내가 먹을 음식을 내 손으로 직접 만들어보고 혀로 맛보는 것은 중요한 일이라고 생각한다.

나의 요리는 아침부터 시작된다. 나는 끼니는 절대 거르

내겐 삶의 에너지를 얻는 데
걷기만큼이나 먹기도 중요하다.
내 두 다리를 움직여 걸은 만큼,
내 손을 움직여서 끼니를
직접 만드는 과정도
소중하다.

지 않는다. 특히 아침은 꼭 먹어야 한다. 아침밥은 대체로 냉장고에 있는 재료들을 살펴서 국을 끓여 먹는다. 가사도우미 아주머니가 오시는 날이면, 어차피 차려놓은 거 아주머니도 맛보시라고 식탁에 조촐하게 따로 한 상을 차려두기도 한다. 우리집 살림을 돌봐주시는 가사도우미 아주머니는 오이나 무로 무침을 잘하셔서 밥에 곁들여 먹을 반찬 몇 종류는 늘 만들어주신다. 손수 끓인 국에 새콤하게 입맛을 돋우는 무침반찬 몇 가지면 아침식사로 훌륭하다.

냉동실에는 얼음만 얼리는 게 아니다

아침 메뉴가 '냉장고에 무엇이 들었느냐'로 결정되기 때문에, 우리집 냉장고엔 기본 식재료는 늘 구비되어 있다. 스스로 밥해 먹는 일은 장 본 식재료들을 손질해서 하루하루 쓰기 좋게 보관하는 일로부터 시작된다. 나는 조기, 돼지고기 삼겹살 목살, 국거리용 소고기, 대파, 감자, 양파 등을 자주 사용해서 이 식재료들이 떨어지지 않도록 각별히 신경쓴다.

대파나 브로콜리, 파프리카처럼 수분이 적은 채소들은 적절한 크기로 썰어서 냉동실에 넣어둔다. 배달음식과 외식에 질려서 이제 집에서 요리 좀 해볼까 하다가 많은 사람들이 포기하는 지점이 아마 장 본 식재료가 금방 변질될 때일 것이다. 한끼 만들어 먹고 남은 식재료들을 냉장고에 넣어두었는데, 채소가 금방 무르거나 유통기한이 다 돼서 상하는 바람에 음식물쓰레기통으로 직행한다. 이러면 당연히 집밥을 해 먹을 의지가 꺾인다. 냉동실에 보관해도 되는 식재료들을 잘 구분해 넣어두면, 내 몸에 맞는 건강한 집밥을 요리해 먹겠다는 의지도 조금 더 오래 지켜나갈 수 있다.

나는 바게트 같은 빵도 사오면 한 번에 다 먹어치우기 어려우므로 바로 썰어서 냉동보관한다. 여유 시간에 커피 한 잔과 함께 마늘빵과 바게트를 즐기려던 소박한 꿈이, 어느 날 빵에 잔뜩 핀 곰팡이 때문에 시커멓게 썩어본 적 있다면, 냉동보관을 강력추천한다. 냉동실에 들어간 바게트는 처음의 맛보다는 떨어질지 몰라도, 그에 준하는 맛을 품고서 당신이 여유를 찾을 때까지 얼마든지 기다려줄 것이다. 먹고 싶을 때마다 꺼내서 토스트기나 미니오븐에 구워먹으면 맛있다.

국밥 하선생

나는 뜨끈한 국에 공깃밥을 말아 후루룩 먹는 걸 좋아한다. 과음으로 속이 엉망일 때, 추위에 떨고 몸이 허할 때 사람들은 국밥을 먹는다. 온갖 재료가 국물에 포근하게 우러나 지치고 아픈 속을 위로해주는 국밥의 맛. 나는 국을 끓이고 마시면서 나를 위로한다.

식재료를 썩히지 않으려면 냉동실을 잘 활용해야 한다.
나는 마늘빵이나 바게트도 바로 썰어서 냉동보관한다.
먹고 싶을 때마다 꺼내서
토스트기나 미니 오븐에 돌리면 끝.

국은 냉장고에 재료가 무엇이 있느냐를 보고 이것저것 잘 끓이는 편이다. 그중에서도 주 종목을 꼽아보자면 김칫국, 뭇국, 된장국, 콩나물국, 황태해장국 등이다. 특히 된장국에는 어떤 채소를 넣어도 아주 잘 어울리기 때문에 장을 볼 때 무엇을 사오느냐에 따라 수없이 다양한 메뉴가 탄생한다. 쑥을 넣으면 향긋한 쑥된장국, 애호박을 탁탁 썰어넣으면 애호박된장국, 배추를 냄비 가득 입수시키면 배추된장국이다. 오늘은 약간 특별한 된장국을 먹고 싶다 하는 날이면 당근, 감자, 샐러리, 무, 양배추를 단체로 입수시켜서 된장국을 끓인다. 멸치와 다시마, 황태 대가리를 베이스로 육수를 우려내고, 여기에 미소된장을 풀어서 푹 끓이면 야채수프 같으면서도 된장의 구수한 맛이 결코 물러서지 않는 특별한 된장국이 완성된다. 특히 한술 떠서 꿀꺽 삼킨 뒤 약 일 초 후에 샐러리향이 목에 은은하게 올라올 때, 무척 좋다.

먹다 남은 소고기가 있을 땐 된장찌개를 끓인다. 된장에 육류를 넣을 때는 역시 적당히 기름기가 도는 차돌박이가 제격이다. 사람들이 깊다고 느끼는 맛은 혹시 기름기에서 오는 걸까?

꽃게도 즐겨 먹어 냉동실에 절단꽃게를 사다가 보관해두곤 하는데, 내가 끓인 꽃게된장찌개도 맛이 상당하다. 서두에 내가 '국밥 하선생'이라고 능청을 떨었지만, 사실 일단 해보면 누구나 다 할 수 있다. 우리에게 된장만 있다면 밥상의 마법은 이미 시작된 것이나 다름없다. 냉장고 문을 열어 빠르게 훑어보고 오늘은 해물로 갈까 고기로 갈까 양단간에 결정을 내린다. 그후에는 내가 선택한 식재료들이 반신욕을 하며 제각기 타고난 맛을 육수에 풀어놓는 것을 가만히 지켜보기만 하면 되는 것이다.

집에서 먹는 생선의 맛, 왜 포기하죠?

나는 생선구이를 좋아한다. 주로 조기나 고등어를 구워먹는다. 집에서 생선을 구우면 냄새도 잘 안 빠지고 팬에 생선껍질이 눌어붙어서, 한끼 챙겨먹고 삼 일을 후회한다고들 하는데, 아니다. 다 익숙하지가 않아서 그럴 뿐, 생선도 집에서 굽다보면 요령이 생긴다.

생선살이 흐물거려서 팬에서 다 부서져버릴 것 같다 싶을 땐, 나는 생선을 굽기 전에 우선 부침가루나 튀김가루를 묻힌다. 생선의 통통한 살이 흩어지지 않게 지켜줄 뿐만 아니라, 생선껍질이 눌어붙어 설거지할 때 철수세미를 움켜쥐고 후회하지 않도록 미리 방지해준다. 부침가루나 튀김가루를 바른 생선은 몸통이 3분의 1 정도 잠기도록 팬에 기름을 충분히 둘러 살짝 튀기듯 구워주면 맛있다.

가끔은 생선구이뿐만 아니라 생선조림도 해먹는다. 지금 우리집에는 동생과 나 둘이 살고 있는데, 내 동생도 밥을 꽤 잘한다. 나는 볶음요리를 잘하는 반면, 동생은 조림에 특화된 요리사다. 그래서 가끔 생선조림이 먹고 싶으면 나는 동생에게 말한다.

"우리, 조림 한번 갈까?"

동생은 우럭조림 전문가다. 일단 마트에서 파는 생선은 너무 작기 때문에 수산시장에 가서 우럭을 고른다. 갈치도 백화점이나 마트에서 파는 건 너무 작고 비싼데, 수산시장에서 사면 장검長劍처럼 두툼하고 긴 갈치를 구할 수 있다. 가끔 신선한 생선요리가 다급하게 먹고 싶을 때는 노량진 수산시장의 단골가게 사장님에게 미리 전화해서 지금 좋은 생선이 뭐가 있는지 물어보고, 퀵서비스로 받아서 요리한다.

'고수'의 요리법

내 요리의 치트키는 '고수'다. 오이무침에 고수를 넣으면 어마어마한 하모니를 느낄 수 있다.

나는 라면에도 고수를 넣는다. 왜 칼칼하고 뜨끈한 국물을 빨리 들이켜고 싶어서 라면을 끓였는데, 라면수프의 너무 정확한 맛이 목에 걸릴 때가 있지 않나. 이럴 때 고수를 약간만 뜯어서 넣어주면 라면 국물이 좀더 인간적이고 자연스러운 맛으로 탈바꿈한다.

라면을 오가닉하게 먹는 방법

누가 그랬다. 라면은 완전식품이라고. 든든한 한끼 밥도 되고 후루룩 해치우는 간식도 되고 갖가지 술과 궁합이 맞는 안주도 되고 해장 기능까지 된다. 이러니 그 활용도와 역할로 따지면 완전식품이라는 것이다. 그러나 이 완전식품처럼 보이는 라면은 끓일 때 자연의 맛과 사람의 손길을 약간 더해줄 필요가 있다.

우선 나는 라면을 끓이기 전에 냄비에 기름을 두르고 파를 넣어서 파기름을 낸다. 이 파기름에 라면수프를 넣어서 소스를 만들듯이 저어주다가 물을 넣고 끓인다. 그러면 생면처럼 약간 오가닉한 맛이 난다.

나의 밥도둑, 소고기가지볶음

쓰다보니 맛있는 게 자꾸 떠오른다. 내가 특히 좋아하는 반찬 중에 소고기가지볶음이 있다. 이건 굴소스로 요리해야 맛있다. 굴소스가 없다면 간장에 설탕, 파기름, 다진 마늘 등을 첨가해서 소스를 만드는데, 여기서 키포인트는 '일본 다시마 간장'이다. 진간장이나 국간장 말고 반드시 일본 다시마 간장을 써야 맛있다. 그리고 볶기 전에 가지는 물에 한

번 데쳐야 한다. 생가지는 기름을 지나치게 잘 흡수하기 때문에, 데치지 않고 바로 볶으면 기름을 왕창 먹어서 맛이 없어진다.

손으로 쭉쭉 찢어먹는 장조림 고기의 맛

맛있는 밥반찬 명예의 전당에 절대 빠지면 안 될 것은 단연코 장조림이다. 나는 장조림도 직접 만든다. 시간이 있을 때는 계란껍질을 일일이 까서 직접 삶아 준비하지만, 바쁠 때는 그냥 깐 메추리알을 사서 쓴다. 다만 장조림을 직접 만들어 먹는 기쁨만은 절대 포기하지 않는다.

장조림을 만들려면 우선 소고기를 찬물에 담가 핏물을 빼둔다. 그리고 간장에 파뿌리와 청양고추, 양파, 통마늘을 넣고 팔팔 끓이는데, 이때 미림이나 소주를 약간만 첨가한다. 고기를 넣기 전에 간장 맛을 봐야 한다는 것을 잊지 말자. 아무런 풍미 없이 짜기만 하거나 재료들이 불협화음을 이뤄 텁텁한 맛이 난다면 과감하게 처음부터 다시 끓여야 한다. 적당히 짭조름하면서도 채소들의 단맛이 은은하게 우러난다면? 망설이지 말고 고기를 투하한다. 그리고 쭉 조리면 장조림 완성!

소고기를 어느 정도 식힌 다음에는 먹기 좋은 크기로 잘라주어야 하는데, 나는 대개 칼로 썰지 않고 손으로 쭉쭉 찢는다. 김치가 그렇듯이 장조림 고기도 네모반듯하게 칼로 써는 것보다는 결대로 찢은 게 훨씬 맛있다.

방금 만든 뜨거운 장조림을 흰밥이랑 함께 먹어본 적이 있는지? 아마 어릴 때 먹어본 게 마지막이고, 어른이 된 후에는 거의 맛보지 못했을 것 같다. 반찬 가게에서 팔거나 식당에서 나온 차가운 장조림의 맛이 더 친숙할 것이다. 물론 따뜻한 밥에 차가운 계란노른자를 으깨서 먹으면 그 또한 맛있긴 하지만, 팔팔 끓는 뜨거운 간장국물에서 바로 건져 낸 장조림의 맛에 비할 바는 아니다.

바삭바삭 감자칩 가니시 샐러드

요리는 일단 시작하면 내가 부엌에서 손을 움직인 만큼 내 입에 되돌려준다. 세상에 내가 선택하는 만큼, 움직이는 만큼 곧장 결과가 나타나는 것은 그다지 많지 않은 것 같다. 요리는 내가 조금만 움직여도 내 몸에 고스란히 보답을 해주니 쉽고 재밌어서 자꾸 뭘 더 해보게 된다.

냉장고에 오이랑 샐러리 정도만 있어도 샐러드 한 그릇이 뚝딱 만들어진다. 시판중인 드레싱을 써도 되지만, 샐러드 드레싱은 대개 유통기한이 짧아서 사두면 다 쓰지 못하고 버리게 된다. 사실 샐러드 드레싱은 따로 구입할 필요 없이 올리브오일과 소금만 있어도 충분하다. 만약 좀 색다른

샐러드에 먹다 남은 감자칩을 잘게 부숴서 가니시처럼 뿌려 먹어보자.
짭짤한 맛을 내면서도 바삭바삭한 식감을 살려주기 때문에
감자칩 가니시 샐러드를 먹으면 기분이 명랑해진다.

맛을 내보고 싶다면 먹다 남은 감자칩을 잘게 부숴서 가니시처럼 뿌려 먹어도 맛있다. 짭짤한 맛을 내면서도 바삭바삭한 식감을 살려주기 때문에 감자칩 샐러드를 먹으면 기분이 명랑해진다.

또띠아 한 장으로 만드는 내 멋대로 씬피자

당신이 만약 혼자 사는데 피자를 좋아한다면, 피자 한 판을 배달시켜서 노상 남기기보다는 집에 또띠아를 좀 사다두면 좋겠다. 또띠아에 토마토페이스트를 살살 펴바르고 다진 양파를 듬뿍 올리고 치즈를 뿌린다. 냉장고를 스캔해서 버섯, 소시지, 살라미 등 맛깔나는 토핑을 추가해 오븐에 오분이나 십 분 정도 구우면 훌륭한 씬피자가 탄생한다.

떡 벌어진 한 상을 차려보겠다고 욕심부리지 말고 일단 내 입맛에 맞는 딱 하나의 먹거리만 만들어보면 어떨까? 왜 반찬이 딱히 없을 때에는 감자조림만 만들어 먹어도 너무 맛있지 않나? 갓 만든 따뜻한 감자조림은 눈이 돌아갈 정도로 감동적이다. 육수를 우리고 요리할 시간이 없을 때는 시중에 파는 다시팩으로 육수를 내고, 냉장고에 있는 채소들을 얼렁뚱땅 넣어서 끓이기만 해도 국이 완성된다. 맛을 보고 별로면, 다음에 요리할 때 뭘 더 추가하거나 덜어낼지 생

또띠아에 토마토페이스트를 살살 펴바르고
다진 양파를 듬뿍 올리고 치즈를 뿌린다.
맛깔나는 토핑을 추가해 오븐에 오 분이나 십 분 정도 구우면
훌륭한 씬피자 완성!

각해보면 된다.

요리가 좋은 건 이번 한끼를 애매하게 실패했다 해도, 반드시 만회할 다음 끼니가 돌아온다는 거니까.

맛있는 국을 끓이는 사소하지만 위대한 비밀

맛집 사장님과의 대화에서 배운 신의 한 수

나는 평소 맛집 탐방 다니길 좋아한다. 어떤 식당에 갔는데 그 집 음식에 놀라운 맛이 숨어 있으면 반드시 사장님에게 비법을 물어본다. 귀띔해주시면 집에 와서 그대로 따라 해본다. 최근에는 어느 전라도 식당에서 미역국을 먹었는데, 엄청나게 구수하면서도 감칠맛이 났다. 미역국은 끓이면 끓일수록 맛있어진다는데 오랫동안 푹 끓여서 이런 맛이 나는 걸까? 사장님에게 물었더니 그게 아니었다. 비밀은 '쌀뜨물'에 있었다. 쌀뜨물로 끓인 미역국은 곡물에서 배어난 고소한 맛이 해산물과 고기를 휘감아서, 한 차원 다른 국으로 업그레이드해준다.

이런 식으로 알게 된 비법이 하나 더 있다. 그간 나는 배우 한성천과 함께 북엇국에 대해 자주 심도 깊은 논의를 해왔다. 성천이도 요리라면 일가견이 있다. 하와이에 가면 나는 성천이에게 수라간 최고 상궁 역할을 맡긴다. 우리는 그동안 어떻게 하면 한남동의 맛있는 북엇국 가게처럼 국물을 뽀얗게 낼 수 있을까, 그 맛의 비밀을 알아내고자 노력했다. 집에서 북엇국을 직접 만들면 왜인지 사골국물처럼 뽀얀 국물이 우러나오지 않았다. 온갖 방법을 동원해 요리조리 끓여보다가 결국 사장님에게 직접 물어보았다.

북엇국 맛집의 비밀병기는 들기름이었다.

집에 돌아와 바로 짝태로 실험해보았다. 나는 푸석푸석한 황태보다는 반건조 상태의 짝태를 더 좋아해서 집에 항상 짝태를 쟁여둔다. 하와이에 갈 때도 반드시 짝태를 40마리쯤 준비해간다. 짝태는 별다른 조리 없이 그냥 찢어만 먹어도 맛있다. 짝태를 대체할 수 있는 맥주 안주는 세상에 없다. 대가리랑 꼬리는 육수를 내는 데 쓰고, 살은 발라서 맥주 안주로 먹고, 껍질은 직화로 바삭하게 구워먹으면 별미다. 가끔 꼬리는 우리집 개들에게 주기도 하는데 애들도 나처럼 짝태 마니아다. 이러니 짝태의 가치는 소 한 마리와 맞먹는다 하겠다.

하여튼 이 귀한 짝태를 손으로 찢어서 들기름에 들들 볶는다. 어느 정도 볶아졌다 싶으면 물을 붓는다. 이때 주의사항은 물을 한 번에 들입다 붓지 않아야 한다는 것. 물을 조금씩 추가하면서 끓여야 한다. 약간만 붓고 바르르 끓으면 또 물을 붓고, 다시 한소끔 끓으면 물을 추가한다. 이를 반복하다보면 어느새 국물이 뽀얗게 올라온다. 여기에 김치를 넣으면 김치북엇국이 되고, 계란을 풀면 구수한 계란북엇국이 되는 것이다.

물론 그냥 물을 한꺼번에 붓고 팔팔 오래 끓여도 북엇국은 완성된다. 하지만 뽀얀 국물을 제대로 내려면 시간을 좀 더 들여서 들기름에 볶고 물을 조금씩 추가하는 인고의 과정을 거쳐야 한다.

처음에는 이런 디테일한 조리를 시도할 엄두가 나지 않을 수도 있다. 하지만 걷기와 마찬가지로 요리도 한번 해보면 일종의 관성이 붙어서 계속하게 된다. 내가 먹는 밥에 나의 시간을 들이는 일은 짐작보다 훨씬 충만한 일이다.

아침 걷기와 야구

추신수 선수와 나의 인생 곡선

아침에 러닝머신을 탈 때는 주로 야구를 본다. 눈으로는 야구 경기를 보면서 두 다리는 계속 움직인다. 이 사소한 루틴에서 나는 아주 순수한 기쁨을 느낀다. 한국 야구팀으로는 LG트윈스, 메이저리그에서는 텍사스 레인저스를 응원한다. 특히 나는 추신수 선수의 팬이다. 추신수 선수가 데뷔할 때부터 그가 출전하는 경기는 무조건 챙겨보았다. 그를 오랫동안 지켜보면서 나와 닮은 점을 여럿 발견했다. 서로의 인생 곡선이 비슷하게 겹친다고 해야 할까.

1982년생인 추신수 선수는 2000년 열아홉 살의 나이에 미국행 비행기를 탔다. 한동안 마이너리그에서 절치부심하며

텍사스 레인저스의 추신수 선수를 만나다.

나는 추신수 선수가 잘되길 바랐다.

그를 응원하는 것은 곧 나를 응원하는 것과 같았다.

기회를 엿보았다. 나 역시 그 무렵 군대에 갔다가 제대하고 대학을 졸업하면서 내가 연기할 무대와 작품을 찾아다녔다. 2005년 추신수 선수가 시애틀 매리너스에 입단했다. 2005년 나는 윤종빈 감독의 〈용서받지 못한 자〉 주연을 맡으며 비로소 영화계에서 주목받기 시작했다. 그리고 2015년 7월 22일 내가 첫 천만 관객을 경험했던 〈암살〉이 개봉한 날, 추신수 선수가 한 경기에서 안타, 2루타, 3루타, 홈런을 모두 치는 사이클링 히트를 기록했다. 추신수 선수가 부진에서 벗어나 활약하는 것과 동시에 텍사스 레인저스는 그해 플레이오프에 진출했다. 나 역시 영화 〈암살〉로 인해, 〈군도〉 〈허삼관〉의 흥행이 기대에 미치지 못해 위축되어 있던 시기에서 완전히 벗어나 다시 힘을 낼 수 있었다. 추신수 선수와 나의 인생 곡선은 묘하게도 이렇게 닮아 있다. 팬심으로 굳이 끼워맞추자면 그렇다는 말이다.

그래도 나에게는 이런 비슷한 점들이 기쁘고 또 소중하다. 추신수 선수가 난관에 부딪쳤을 때도, 그가 짜릿한 승리를 맛볼 때도, 나는 그것이 꼭 내 일처럼 느껴져 가슴이 저릿했다. 나는 추신수 선수가 잘되길 바랐다. 그를 응원하는 것은 곧 나를 응원하는 것과 같았다. 그래서 그의 연락처를 알게 되었을 때, 나는 이런 이야기들을 구구절절 다 적어서 문자로 보냈다. 나중에 추신수 선수로부터 답장을 받았고 또 시간이 더 지난 후에는 직접 만난 적도 있다. 이런 걸 '성덕'이라고 하던가. 나는 지금도 여전히 그의 팬으로서 그를 뜨겁게 응원하고 있다.

얼마 전에는 스즈키 이치로 선수가 잠정 은퇴했다. 1973년생 마흔다섯의 나이에 시애틀 매리너스의 특별보좌관으로 물러난 것이다. 새삼스럽게 세월의 무게가 느껴져 고개가 숙여졌다. 벌써 그렇게 되었구나…… 이제 내 또래의 운동선수들도 점점 사라지는 추세다. 노화하는 선수들의 기록을 찾아보면서 안타깝고 쓸쓸한 마음이 들 때도 있다.

나는 오늘도 러닝머신에 올라 야구경기를 본다. 야구 선수들의 분투, 언제 게임이 끝날지 모른다는 긴장과 스릴, 기회를 살리지 못하면 이내 위기가 오고, 위기를 잘 넘기면 찬스가 오는 게임의 법칙, 콜드게임의 처절한 패배와 짜릿한 역전승, 내가 응원하던 선수들의 은퇴…… 그 모든 것이 내 삶을 자극해 두 다리에 힘이 들어간다.

이 책을 마무리하고 있는데, 이치로 선수가 내년 일본 개막전에서 선수로 뛸 예정이라는 뉴스를 보았다. 역시 '야구는 인생' '야구는 9회 말 투 아웃부터'라는 말은 괜히 나온 게 아니다.

오늘도 야구를 본다.

야구의 모든 것이 내 삶을 자극해

두 다리에 힘이 들어간다.

한 발만 떼면 걸어진다

이불 밖이 쑥스럽게 느껴지는 날

걷기만큼 쉬운 일이 또 있을까? 길은 어디에나 있으니 그냥 두 발을 땅에 딛고 양다리를 번갈아 움직이기만 하면 된다. 굳이 피트니스클럽에 등록할 필요도 없고, 전문적인 운동 기구를 갖춰야 할 필요도 없다. 그래서 주변 사람들에게 자꾸만 걸어보라고 권하게 된다. 건강해지고 기분까지 좋아지는, 내가 아는 가장 단순한 방법이니까.

그런데 가끔은 집밖으로 나가는 일이 너무 어렵게 느껴진다고 고백하는 사람들을 만난다. 그들은 '내 꿈은 침대와 한몸으로 살아가는 것'이라고, 휴일에는 종일 누워 있는 와식臥式 생활을 해서 피곤한 몸을 일으키기조차 힘들다고 말

한다. 하정우씨는 약속이 있으면 강남에서 마포까지도 걸어다니는 사람이니까 이런 제 마음을 절대 이해하지 못하겠죠, 라는 듯 애절한 눈빛으로 나를 바라본다.

아니, 어째서 제가 그걸 모르겠어요?

당연히 내게도 그런 날이 있다. 눈을 떴을 때 온몸이 천근만근처럼 느껴지는 날. 그런 날은 마음도 울적해서 도로 눈을 감고 이불 속에서 꼼짝도 하고 싶지가 않다. 때로는 그런 날이 하루로 그치는 게 아니라 다음 날, 또 그다음 날로 하염없이 늘어지기도 한다. 아무것도 하지 않고 하루종일 집 안에만 머물고 싶은 날. 집밖이 왠지 낯설고 오직 내 방만이 안전하게 느껴지는 날들.

하지만 이제는 그런 아침이면 나는 생각을 멈추고 일단 자리에서 일어나려고 한다. 몸이 무거운 것이 아니라 생각이 무거운 것임을 알고 있기 때문이다. 나를 조금씩 달래고 설득해 일단 누운 자리 밖으로 끌어낸다.

이때 '걸어야 하는데…… 얼른 씻고 나가서 밀린 일을 처리해야 하는데……' 등등의 생각으로 나 자신에게 압박을 가하면 역효과다. 일어나기 더 싫어질 뿐이다.

우선 이렇게 자신을 설득해보는 것은 어떨까? 너무 오래 누워 있으면 허리와 머리가 아프니 침대에서 살짝만 일어나보자고. 몸이 반항하면 안심을 시켜준다. '아, 걱정하지 마. 지금 이렇게 힘든데 땀흘리며 걷자는 건 아니니까. 그저 살짝 몸을 일으켜 앉아보자는 것뿐이야.'

여기까지 몸이 말을 들으면, 상반신만 일으켜 앉을 자리에 대해서 한번 협의해본다. 나 같은 경우는 조금 움직여서 러닝머신 위에 걸터앉는다. 물론 소파도 있고 침대 모퉁이에도 앉을 수 있지만, 러닝머신까지만 움직이면 약간은 '깨어난 기분'이 든다.

거기 우두커니 앉아서 방 모서리를 바라보며 멍이라도 때린다. 서서히 잠이 달아나고 정신이 돌아오면서 엉덩이가 뻐근해진다. 그러면 앉아 있는 것도 어쩐지 지겨워진다. 운동화를 신고 러닝머신 위에 올라가 좀 걸어볼까 싶은 생각이 스멀스멀 차오른다.

러닝머신 위로 올라가 전원 스위치를 켜고 다리를 움직여본다. 한 걸음 내디디면 다음 걸음을 내디딜 수 있게 되고, 그 걸음이 다음 걸음을 부른다. 그러면 이내 속도를 조금 더 내서 걷고 싶어진다. 스피드 버튼을 올리고 파워워킹을 해본다. 몸에 기분좋은 열기가 퍼지면서 방안이 좀 갑갑하게 느껴진다. 방금 전까지만 해도 나는 침대에 누워 꼼짝도 하고 싶지 않다고 생각했는데, 이제는 신기하게도 집밖으로 나가 제대로 걷고 싶다.

땅에 한 발을 내딛는다. 그저 한 다리를 뻗고 심호흡을 해 본 것뿐인데, 나는 어느새 몇 시간째 걷는 중이다. 땅은 자연이 만들어준 천혜의 러닝머신 같다. 일단 내가 밖으로 나가 한 발을 내딛기만 하면, 땅이 자연스럽게 내 몸을 받치고 밀어준다.

오늘 아침, 나는 정말 몸이 천근만근이고 마음이 울적했던 게 맞을까? 지금 이렇게 가뿐하게 걷고 있지 않나.

아침이면 침대에 누워서 하게 되는 생각들이 있다.

'조금만 더 누워 있자. 오늘 딱 하루만이야…… 아, 그런데 나는 항상 왜 이 모양일까?'

이런 생각들에는 언제나 지고 만다.

그럼 이 부정적인 생각들을 이기려면 어떻게 해야 할까? 이와는 정반대의 건강한 생각들을 해야 할까? 이를테면 아침 운동의 좋은 점에 대하여?

'아침에 운동하면 건강해지고 하루를 성실하게 시작할 수 있으니 그만 일어나자! 넌 할 수 있어!'

이건 좀 아닌 것 같다. 지친 내 몸을 소외시키고 다그치는 이런 얘기는 피로한 나에게 먹히지 않는다. 내 경험상으론 그보다는 단순한 행동과 결심이 훨씬 더 힘이 세다.

일단 몸을 일으키는 것.

다리를 뻗어 한 발만 내디뎌보는 것.

이러한 행동들이 매일같이 이어져 습관이 되면 그다음부터는 별다른 노력 없이도 일어나 걸을 수 있다. 몸에 익은 습관은 불필요한 생각의 단계를 줄여준다. 우리는 때로 꼬리에 꼬리를 무는 생각들에 갇혀서 시간만 허비한 채 정작 어떤 일도 실행하지 못한다. 힘들 때 자신을 가둬놓는 것, 꼼짝하지 않고 자신이 만든 감옥의 수인이 되는 것, 이런 것도 다 습관이다. 스스로 키워놓은 절망과 함께 서서히 퇴화해가는 것이다. 하지만 걷기가 습관이 되면 굳이 고민하지 않고 결심하지 않아도 몸이 절로 움직인다.

내 컨디션이 좋고 여러 조건들이 완벽하게 갖춰져 있을 때 비로소 걷는 것이 아니다. 나중에 내가 정말 바닥을 기는 최악의 상황이 왔을 때도 관성처럼, 습관처럼 걷기 위해 나는 오늘도 걷는다.

때론 걷다가 '그만 걸을까?' 하는 생각이 문득 치솟기도 하고, 걷기도 전에 '오늘은 나가지 말까?' 하는 유혹이 뻗칠 때도 있다. 하지만 이 길을 다 걸었을 때의 기쁨과 보람을 알기 때문에 계속 걷는다. 그리고 걷기를 방해하는 이런 생

러닝머신 위로 올라가 전원 스위치를 켜고 다리를 움직여본다.

한 걸음 내디디면 다음 걸음을 내디딜 수 있게 되고, 그 걸음이 다음 걸음을 부른다.

일단 몸을 일으키는 것.

다리를 뻗어 한 발만 내디뎌보는 것.

단순한 행동은 힘이 세다.

각들은 곧 흘러가버릴 것임을 나는 안다.

한 발만 떼면 걸어진다.

그러니 도무지 꼼짝도 하고 싶지 않은 날 아침엔 일단 일어나 한 발, 딱 한 발만 떼어보라고 권하고 싶다. 그 한 걸음이 가장 무겁고 어렵게 느껴지겠지만, 이내 깨닫게 될 것이다. 머릿속에 굴러다니는 온갖 고민과 핑계가 나를 주저앉히는 힘보다 내 몸이 앞으로 가고자 하는 힘이 더 강하다는 것을.

힘들다,
걸어야겠다

바쁘고
지칠수록,
루틴!

연기란 단순히 끼와 기분, 감정을 적절히 만들어 바깥에 내보이는 행위만은 아닌 것 같다. 감정을 연기할 때, 배우들은 다소 희한한 경험을 한다. 이성은 분명 멀쩡한데, 몸이 감정선을 따라 격한 반응을 보이는 것이다. 호흡이 가빠지고 심박수가 올라간다. 내 몸이 내가 연기하고 있는 인물의 신체가 반응하는 부분까지 거의 그대로 재현해내는 것은 신기한 일이다. 하긴 인간의 몸은 정신에 상당한 지배를 받는다. 상사병에 걸리고 상상임신까지도 할 수 있는 게 인간의 몸이니까.

특히 내가 연기하고 있는 인물의 감정에 따라 심장이 달리 반응하는 것이 뚜렷하게 느껴져서 내 심장을 스스로 컨트롤하는 게 쉽지 않다고 느낄 때가 있다. 이렇게 제멋대로 날뛰다가 부정맥에 걸리면 어떡하지, 슬쩍 걱정되기까지 한다. 수시로 급격하게 박동이 변하는 내 심장을 일상에서 규칙적으로 훈련하고 붙잡아주는 것이 걷기다.

배우라는 직업의 특이점은 또 있다. 연예인들은 늘 대중의 시선과 평가를 받으며 살다보니 정신적 면역력이 떨어지기 쉬운 것 같다. 자신감이 소진돼 외부에서 오는 자극에 마음이 요동치고, 아무 이유 없이 불안해지기도 한다. 내가 그간 이뤄놓은 것들이 모래성처럼 와르르 허물어질 것 같고, 일상적으로 해왔던 일들이 갑자기 너무도 어렵게 느껴져 꼼짝할 수 없을 때도 있다. 사실 이런 증상은 연예인들만이 아니라 과잉업무와 감정노동에 시달리는 많은 현대인들이 함께 겪고 있는 문제다.

흔히 '번아웃' 혹은 스트레스증후군으로 불리는 이런 상태에 빠지면 당장 해결책을 찾아야 한다. 그런데 많은 사람들이 이를 단순한 육체 피로로 여기고 아무것도 하지 않은 채 누워서 쉬려고 한다. 극단적으로 지쳤을 때, 의외로 많은 이들이 계속 먹거나 종일 자거나 멍하니 텔레비전을 보거나 하는 식으로 '몸을 움직이지 않는 방법'을 택한다. 하지만 이러면 분명 쉬긴 쉬었는데도, 통 나아지는 게 없다는 느낌이 든다. 일상으로 복귀해야 하는 날이 닥쳤는데도 도망치고 싶다는 생각만 든다. 왜 푹 쉬었는데도 여전히 피곤할까 의아해하면서 말이다.

물론 육체 피로는 몸을 움직이지 않고 내버려두면 어느 정도 회복된다. 격하게 움직인 부위의 근육을 잠시 쉬어주면 이내 활동 가능한 상태로 돌아온다. 하지만 정신적 에너지가 고갈되면 이런 방식으로는 절대 회복되지 않는다. 단언컨대 무작정 가만히 누워 있는 것으로는 해결되지 않는다. 물론 나 역시도 '꼼짝도 안 한 채 이불 둘러쓰고 싶은 순간'이 없는 건 아니다. '이렇게 힘든데 뭘 더 어떻게 움직여?' 의구심부터 든다.

하지만 언젠가부터 나는 힘들 때마다 속으로 이렇게 되뇌게 되었다.

'아, 힘들다…… 걸어야겠다.'

나는 힘들수록 주저앉거나 눕기보다는 일단 일어나려 애쓴다. 몸과 마음이 완전히 고갈되었다는 느낌이 들 때 오히려 운동화를 신고 밖으로 나간다. 팔과 다리를 힘차게 흔들면서 온몸에 먼지처럼 달라붙은 귀찮음을 탁탁 털어내본다. 그렇게 걷다보면 녹슬어서 삐걱거리던 몸과 마음에 윤기가 돈다.

우리의 몸과 마음이 지쳤을 때 나타나는 증상을 잘 관찰해보자. 원래는 호기심이 솟고 흥미롭게 느껴지던 것들이 다 심드렁하다. 만사가 팍팍하게 느껴지고 별일 아닌데도 짜증스러워서 주변 사람들에게 뾰족하게 군다. 아주 작은 변수에도 절망적인 기분이 들어 눈앞이 캄캄해진다…… 이 모든 것은 내 몸과 마음이 나에게 '전환'과 '쉼'을 요구하는 사인이다. 이때 방구석에 가만히 눕거나 앉아서 그냥 나아지길 기다리면 머리는 무거워지고 기분은 점점 가라앉는다. 계속 누워 있으면 누워 있어서 힘들고, 앉아 있으면 앉아 있느라 힘들다. 그 결과는 고스란히 다시 나 자신에게 돌아온다. 악순환이 시작되는 것이다. 이런 늪에 빠져들려 할 때는 변덕스러운 감정에 나를 맡겨둘 게 아니라 규칙적인 루틴을 정해놓고 내 몸과 일정을 거기에 맞추는 편이 좋다.

나는 사람이 그다지 강한 존재가 아니라고 생각한다. 사람은 여러 가지 요인들로 불안정해지기 쉬운 동물이다. 마치 날씨처럼 매일 다른 사건이 눈앞에 펼쳐지는데, 우리의 몸과 마음이 아무런 영향을 받지 않기란 쉽지 않다. 변화란 지극히 자연스러운 일이지만, 작은 물결에 배가 휩쓸려가서는 안 되므로 닻을 단단히 내려둘 필요가 있다.

나에겐 일상의 루틴이 닻의 기능을 한다. 위기상황에서도 매일 꾸준히 지켜온 루틴을 반복하면 일상으로 돌아갈 수 있다는 희망이 희미하게나마 보인다. 실제로 내가 아는 한 정신과 의사는 정신적으로 불안한 환자들에게 그게 무엇이든 루틴을 정해놓고 어떤 기분이 들든 무조건 지킬 것을 권한다.

내가 지키는 루틴은 다음과 같다.

- 아침에 일어나자마자 일단 러닝머신 위에 올라가 걸으며 몸을 푼다.
- 아침식사는 반드시 챙겨먹는다.
- 작업실이나 영화사로 출근하는 길엔 별일이 없는 한 걷는다.

루틴이란 내 신변에 무슨 일이 벌어지고 얼마나 골치 아픈 사건이 일어났든 간에 일단 무조건 따르고 보는 것이다. 고민과 번뇌가 눈덩이처럼 커지기 전에 묶어두는 동아줄 같은 것이다.

당장 걸으러 나갈 때는 '내가 무슨 영화를 보겠다고 이렇게 피곤하고 아픈데 꾸역꾸역 나가나……' 싶어 귀찮은 맘도 들겠지만, 돌아오는 길에는 아주 많은 게 달라져 있을 것이다. 그리고 이 루틴이 습관으로 자리잡으면, 힘들 때마다 망설이고 고민하기보다는 일단 움직이게 될 것이다.

루틴의 힘은 복잡한 생각이 머리를 잠식하거나 의지력이 약해질 때, 우선 행동하게 하는 데 있다. 내 삶에 결정적인 문제가 닥친 때일수록 생각의 덩치를 키우지 말고 멈출 줄 알아야 한다. 살다보면 그냥 놔둬야 풀리는 문제들이 있다. 어쩌면 인생에는 내가 굳이 휘젓지 말고 가만 두고 봐야 할 문제가 80퍼센트 이상인지도 모른다. 조바심이 나더라도 참아야 한다.

나는 생각들을 이어가다가 지금 당장 답이 없다는 결론에 이르면, 그냥 운동화를 신고 밖으로 나가는 편이다. 살다보면 답이 없다는 말을 중얼거리게 만드는 문제들을 수없이 만난다. 시간이 필요한 문제라는 것을 알면서도, 지금 당장 해결하고 싶은 조급함 때문에 좀처럼 생각을 멈출 수가 없다. 어쩌면 그 순간 우리는 답을 찾고 있는 것이 아니라 문제에 질질 끌려가고 있는 상태인지도 모른다.

답이 없을 때마다 나는 그저 걸었다. 생각이 똑같은 길을 맴돌 때는 두 다리로 직접 걸어나가는 것만큼 좋은 게 없는 것 같다.

그러니 힘들 때는 대자로 뻗어버린 사람의 모습이 아니

답이 없을 때마다
나는 그저 걸었다.

생각이 똑같은 길을 맴돌 때는
두 다리로 직접 걸어나가는 것만큼
좋은 게 없는 것 같다.

라 걷는 사람의 이미지를 머리에 떠올려보면 좋겠다. 죽을 만큼 힘들고 고통스럽겠지만, 대부분의 상황에서 우리에겐 아직 최소한의 걸을 만한 힘 정도는 남아 있다. 그리고 걷기에는 인간이라는 동물의 태엽을 감아주는 효과가 있어, 우리가 발 딛고 선 자리에서 더 버티고 나아갈 수 있도록 힘을 준다.

안다. 이 책을 읽고 있는 당신, 오늘도 쉽지 않은 하루였을 것이다.

나 역시 그랬다.

그래서 오늘도 기도하듯 다짐하듯 말해본다.

"힘들다, 걸어야겠다."

모두를
웃게 하진
못했지만

굳이
에둘러 돌아가는
이유

〈베를린〉 촬영을 마치고 프랑크푸르트에서 한국으로 돌아오던 비행기 안이었다. 다음 작품 촬영 전까지 6개월이라는 적지 않은 휴가가 생겼다는 사실을 깨달았다. 2011년 나는 네 편의 영화를 촬영했다. 〈베를린〉에서 격한 액션으로 몸을 불사른 후에 찾아온 아주 오래간만의 여유 시간이었다.

나의 다음 스텝을 고민해야 했다. 무엇을 할 것인가? 어디로 가야 내가 좀더 나아질 수 있을까?

이 무렵 나를 힘들게 했던 것은 나의 오만함과 교만함이었다. 2005년 〈용서받지 못한 자〉의 주연을 맡은 이래로 〈베를린〉에 이르기까지 그간 나는 과분한 칭찬을 받았다. 배우로서 어느 정도 입지를 다졌고, 이젠 내가 하고 싶은 작품을 선택할 수 있는 자리까지 와 있었다. 그런데 촬영 현장에 가면 이상하게 늘 힘들었다. 언젠가부터 감독의 지시와 방향성에 100퍼센트 동의하지 못하면서도, 현장의 흐름과 스태프들의 기대에 그저 따라가고 있다는 느낌이 들었다. 오직 나 자신만이 감지하는 내면의 미세한 흔들림이었지만, 스스로 엄청난 스트레스에 시달리고 있었다.

뭐지? 내가 왜 이러지? 아무리 촬영이 힘들어도 이런 적이 없었는데, 가까운 사람들에게 신경질까지 내고 한없이 예민해져 있었다.

이제 나는 어떡하지? 쉬어야 하나? 단기 어학연수라도 다녀와야 하나? 여행을 떠나야 하나?

생각을 거듭한 끝에 내가 내린 결론은 직접 연출을 해봐야겠다는 것이었다. 서울로 돌아오는 비행기에서 이미 나는 6개월간 영화감독으로 살기로 결심했다.

느닷없지만 아주 뜬금없는 생각은 아니었다. 나는 언젠가는 연기뿐만 아니라 연출을 해보리라 계획하고 있었다. 그러나 그것은 머리가 희끗희끗해지고 연륜이 더 쌓인 다음의 일이라 생각했다. 그 시기가 예상보다 빨리 찾아와버린 것이다. 한편으로는 내가 배우로서 영향력을 잃었을 때 감독을 하는 것보다는, 조금 힘들더라도 지금 과감하게 도전해서 맷집을 키우고 싶었다. 그래서 나이들었을 땐 정말 나다운 영화를 완성하고 싶었다. 감독의 입장이 되어 모니터 앞에 서면 배우의 자리 역시 새롭게 보일 것이었다. 그것을 경험한 후에 연기하는 것은 모르고 할 때와 전혀 다를 것 같았다.

'지금 내게 필요한 건 여행이나 휴식이 아니라 연출이야.'

확신에 가까운 예감이 들었다.

귀국하자마자 시나리오를 쓰기 시작했다. 마침 〈베를린〉 촬영 당시에 같이 연기한 류승범이 들려준 이야기가 머릿속에 맴돌고 있던 참이었다. 도쿄에서 김포행 비행기를 탔는데 태풍을 두 차례나 만나는 바람에 두 시간이면 될 거리를 아홉 시간에 걸쳐 건너왔다는 이야기였다. 닫힌 공간 안에서 벌어지는 소동극으로 풀어보면 어떨까? 블랙코미디로 풀면 재미있겠다 싶었다. 대학교 때 연극 연출을 해봤기 때문에 아주 막막하지는 않았다. 이야깃거리가 정해지니 시나리오가 빠르게 진척됐다. 두 달 만에 시나리오를 완성했다. 내 안에서 이토록 많은 인물과 말들이 쏟아져나오는 게 마냥 신나고 재밌었다. 나의 감독 데뷔작 〈롤러코스터〉의 시작이었다.

문제는 시간이었다. 다섯 달 후에는 〈더 테러 라이브〉 촬영에 들어가야 했다. 아직 준비된 것은 시나리오밖에 없는데, 그것도 버전업 전의 초고나 다름없는데 다섯 달 만에 영화를 찍어야 했으니 절대적으로 시간이 모자랐다. 단편으로 찍어야겠다고 생각하고 예산을 뽑아보았는데, 이게 웬 일인가. 하나의 세트 안에서 대부분의 촬영이 이뤄져서인지 장편 분량을 찍어도 제작비에 큰 차이는 없다는 결론이 나왔다. 그렇다면 장편영화로 완성해볼까? 그렇게 판은 커졌고, 나는 겁도 없이 영화 연출에 덤벼들었다.

프리 프로덕션pre production이 시작됐다. 시나리오 버전업, 콘티 작업, 대본 리딩 등 촬영에 필요한 모든 것을 미리 준비하는 과정이다. 그때부터 엄청난 스트레스와 격한 후회가 밀려왔다. '내가 미쳤지. 이 빡센 걸 왜 한다 그랬지? 그냥 푹 쉬기나 할걸.' 한 편의 영화가 만들어지는 과정을 처음부터 끝까지 책임진다는 건 만만치 않은 일이었다.

매일 출근해서 스태프, 배우들과 회의를 이어갔다. 논의할 거리와 결정해야 할 일들이 끝도 없이 펼쳐졌다. 하지만 시나리오를 수정하고 완성해가는 과정에서 많은 것들을 배웠다. 각본가이자 감독으로서 스태프들의 다양한 의견을 듣고 플롯과 인물을 더 개연성 있게 다져가는 것은 흥미로운 작업이었다. 무엇보다 출연을 결정한 배우들로부터 큰 도움을 받았다. 일주일에 다섯 번 이상 모여서 대본 리딩을 하고, 입에 더 착 붙는 말들로 대사를 꼼꼼하게 수정했다.

하지만 역시 힘들었다. 가장 힘들었던 것은 사실 사람들의 시선이었다. 내 주변에 100명 중 98명이 감독을 해보겠다고 나선 나를 염려했다.

'배우로서 한창 잘나갈 때에 다른 데 눈 돌리는 거 괜찮을까? 좋은 역할 하나라도 더 맡는 게 낫지 않을까?'

'괜히 고생만 하고 실패해서 배우 커리어에 문제 생기는 거 아니야?'

'감독은 나중에도 할 수 있지만 지금 이 시기의 마스크로 네가 연기할 수 있는 역할은 다 때가 있잖아. 연출에 너무 진 빼지 마.'

모두 맞는 말이었다. '정우, 네가 어떻게 여기까지 왔는데.' 내가 리스크가 있는 길로 멀리 돌아가지 않길, 사서 고생하지 않길 바라는 이들의 애정 어린 충고가 귓가에 들려왔다.

새로운 도전 앞에서 나라고 어찌 두려움이 없었을까. 하지만 지금까지 해오던 일을 계속 무난하게 이어가는 것은 그때의 나에게는 중요하지 않았다. 고꾸라지고 자빠지더라도 내 앞에 가로놓인 어떤 선을 넘어서고 싶었다.

연출, 이것을 지금 해내야만 한 단계 도약할 수 있으리라는 느낌이 들었다.

프리 프로덕션을 마치고 본격적으로 촬영에 돌입했다. 촬영은 3주 동안 집중적으로 이루어졌다. 주어진 시간과 조건이 제한되어 있기에 매 회차마다 사력을 다했다. 촬영할 때는 물론이고 쉬는 시간에도 배우들의 표정을 놓치지 않으려고 노력했다. 미세한 표정 변화를 통해 지금 컨디션은 괜찮은지, 그래서 원래 가진 능력을 제대로 발휘하고 있는지 관찰했다. 감독의 눈에는 자신이 캐스팅한 배우들의 표정과 몸짓이 이렇게 하나하나 남다르게 보이는구나. 지금까지 나를 이런 눈으로 관찰해주었을 감독님들의 얼굴이 얼핏 스쳐갔다. 게다가 〈롤러코스터〉에 출연하기로 한 배우들은 대부분 나의 친구나 후배들이었다. 나는 촬영장에서 그들이 맘 편히 자신이 맡은 역할을 잘해낼 수 있도록 도와야만 했다.

하루는 한 스태프가 나에게 다가오더니 감독인 내가 정말 순수하게 행복해 보인다고 말했다. 실제로 그랬다. 카메라가 돌아갈 때 그 뒤에 서서 현장을 바라보는 일, 스태프들과 눈을 마주치며 대화를 나누는 일은 설레고 기뻤다. 감독의 자리에서 배우들을 바라보니 내가 그동안 어떻게 보였을지도 짐작할 수 있었다. 감독의 역할은 무엇인지, 또 영화 만들기란 무엇인지 생생하게 느낄 수 있었다. 서 있는 자리가 바뀌자 영화라는 세상 또한 내게 전혀 다른 얼굴을 드러냈다.

촬영을 마치고 개봉까지는 시간적인 여유가 있어서 후반 작업에 상당한 공을 들였다. 편집하면서 절감한 사실은 시나리오 자체에 문제가 있으면 아무리 후반에 보완해본들 소용이 없다는 것이었다. 머리로 아는 것과 직접 체험해보는 것은 역시 달랐다. 후시 대사 녹음, 폴리 녹음(영화의 배경에서 나는 소리들을 사람이 도구나 몸으로 직접 만들어내는 일. 바람 소리, 뺨 치는 소리 등등을 실감나고 극적으로 들리게 하기 위해 소리를 인위적으로 만들어내는 과정), OST 입히기 등을 마치고 믹싱까지 거친 후에야 비로소 나는 영화의 전신全身을 본 것 같았다. 주연배우는 영화에서 큰 비중을 차지하기는 하지만 역시 일부일 뿐이었다. 감독으로서 모든 부분에 관여하고 나니 비로소 영화라는 거대한 코끼리를 구석구석 만져본 기분이 들었다.

그랬는데, 개봉 후 도대체 이게 무슨 영화인지 잘 모르겠다는 얘기를 들었다. 물론 영화 보는 내내 웃었다며, 하정우 영화답다고 말해주는 사람들도 있었다. 그 차이를 새삼스럽게 느꼈다. 세상 모든 사람들이 다 나 같진 않다는 것, 그 지극히 당연한 사실을 서늘하게 깨달았다.

나는 〈롤러코스터〉가 오만 가지 성격과 사연을 가진 사람들이 각자의 자리에서 쉴새없이 떠들어대는 영화가 되기를 바랐다. 대부분의 코미디는 한 번 웃겼으면 그다음에는 한 템포 쉬어가는 게 공식이다. 그런데 나는 그 공식을 버리고 주인공은 물론 조연들까지도 계속 대사를 내뱉게 했다. 대사를 치는 속도가 극단적으로 빠른 영화였다. 이런 속도로 흘러가는 코미디가 나에겐 웃겼지만, 모두를 웃게 하지는 못했다.

내가 연출을 해보겠다고 나섰을 때 주변 사람들이 우려했던 상황이 어쩌면 이런 것이었을까? 하지만 이 모든 과정을 밟고 나니 세상이 전혀 다르게 보였다. 긴 터널에서 빠져나와 비로소 시야가 탁 트인 느낌이었다. 배우이자 감독 하정우의 새로운 영화인생이 시작된 것이다.

그리고 2년 후 나는 감독과 주연을 동시에 맡은 두번째 작품 〈허삼관〉을 찍게 되었다.

사람의 표정을 읽고 저장하는 일

감독의 눈높이 의자에 앉아서

나는 아직 성공한 감독이 아니다. 감독으로서 나는 이제 겨우 머나먼 여정을 향해 길을 잡아나가는 단계에 있다. 하지만 흥행이나 타인의 평가에 관계없이 나는 〈롤러코스터〉를 만들고 영화감독으로 데뷔하면서, 영화를 좀더 이해하고 좋아하게 되었다. 그리고 그 시간을 돌이켜보았을 때, 나에게 가장 기억에 남는 풍경은 역시 배우들의 얼굴이다. 그때 나에게 촬영장의 풍경은 한 사람 한 사람의 얼굴이었다.

나는 평소에도 사람들의 표정을 유심히 관찰하는 버릇이 있다. 시시각각 미세하게 변하는 사람들의 표정이 전해주는 것들은 꽤 많다. 눈썹의 움직임, 여기저기 가닿는 시선,

콧잔등에 맺힌 땀, 입술이 오므라들고 펴지는 모양을 관찰하면서 내가 결코 들어갈 수 없는 그 사람의 내면을 상상한다. 이 또한 배우의 직업병인지도 모르겠다. 촬영장에서는 이 버릇이 의식적으로 또 적극적으로 발휘되었다.

우리는 아침 7시부터 모여서 연습을 시작했다. 이른 아침이기 때문에 배우들도 다들 잠이 덜 깬 상태라 아직 최상의 컨디션이 아닌 경우가 많았다. 하지만 배우가 언제나 최상의 컨디션에서만 연기할 수는 없는 법이다. 나는 언제 어디서든 컨디션을 빠르게 끌어올리고 달구어서 곧바로 촬영에 들어가는 연습을 하기 위해 일부러 이른 아침부터 모였다. 또 영화보다는 연극무대가 더 익숙한 배우들도 있었기에, 그들이 카메라에 충분히 적응할 수 있도록 준비할 시간이 필요했다. 어슴푸레한 아침에 만난 피로한 얼굴들이 시간이 지나면서 유연하게 풀어지고 자연스러워지던 순간을, 나는 기억한다.

어느 날 〈국가대표〉 〈신과 함께〉의 김용화 감독이 내게 특별한 선물을 주었다. 촬영장에서 감독이 모니터를 할 때 사용하는 의자였다. 물론 모든 촬영장에서 이런 의자를 사용하는 것은 아니다. 김용화 감독은 나를 위해 딱 적당한 높이의 의자를 구해서 보내준 것이었다. 그 의자는 일반 의자들보다 약간 더 키가 커서, 앉아 있으면 옆에 나란히 서 있는 사람과 눈높이가 맞았다. 배우들도 휴식을 취하거나 메이크업을 받을 때는 이런 의자에 앉는다. 촬영장에서 감독과 배우들은 왜 이렇게 높은 의자에 앉을까? 다른 스태프들보다 특별하고 높은 지위에 있다는 것을 상징적으로 보여주는 걸까?

절대 아니다. 그것은 현장에 있는 다른 스태프들이 대부분 서서 일하기 때문이다. 만약 일반적인 높이의 의자를 사용한다고 상상해보라. 감독에게 와서 이야기할 때마다 스태프들은 허리를 숙이거나 다리를 구부린 채로 서 있어야 할 것이다. 배우들 메이크업을 할 때도 장시간 불편한 자세로 일해야 할 것이다. 촬영 현장에 놓는 감독과 배우의 의자는 그들이 앉아 있을 때 옆에 다가와 있는 사람들의 눈을 볼 수 있는 높이가 알맞다.

나는 선물받은 감독용 의자를 내 작업실에 가져다놓았다. 요즘도 촬영이 없을 때는 종종 그 의자에 앉아 시간을 보내곤 한다. 촬영장에서 연출할 때 사용하라고 준 선물이지만, 어쩐지 그냥 앉아 있는 것만으로도 즐겁고 편안해진다. 현장에서 저만치서부터 달려와 나와 눈을 마주치고 무수한 대화를 나누던 스태프들의 얼굴이 떠오르기 때문이다. 이 의자는 촬영장의 그 화기애애하고 열정적인 분위기를 마법처럼 불러온다.

다음 작품을 연출할 때도 나는 이 의자에 앉아 있을 것이다. 그때 내 눈에는 또 어떤 풍경들이 보일까?

촬영현장에서 감독인 나는 두 가지 다른 렌즈로 영화를 찍는다. 하나는 촬영용 카메라, 또다른 렌즈는 바로 나의 눈이다.

꼰대가 되지 않는 법

자리를 비워주는 사람이 아름답다

〈허삼관〉을 찍을 때의 일이다. 나는 〈허삼관〉의 감독이자 주연이었기 때문에, 한 신이 끝나면 내가 직접 '컷'을 외치고 나와서 모니터를 보러 가야 했다. 당연히 감독석은 비어 있었다. 그런데 내가 연기를 마치고 스테이션으로 가자 스태프들이 그 비어 있는 감독석 주변에 옹기종기 모여서 모니터링을 하고 있는 게 보였다. 조명팀 촬영팀 미술팀 소품팀 의상팀 분장팀 등 각 파트장들이 이번 촬영분을 세심하게 체크하고 다음 테이크는 어떻게 수정해서 갈지 토의하는 것이다.

내가 감독인 동시에 주연이었기에 우연히 벌어진 장면이

지만, 나는 어쩌면 감독의 일이란 이런 게 아닐까 생각했다. 영화감독이란 자리를 비워주는 것이로구나. 각 파트에서 알아서 하게끔, 자연스럽게 굴러가게끔 조율하고 가이드하면 족한 것이구나. 굳이 제일 앞에 나서서 모니터 가려가면서 목청 높이고 스태프들에게 지시할 필요가 없는 거로구나. 새삼스레 감독의 일에 대해 깨달은 것이다.

한 걸음 더 나아가 제작자는 촬영 현장에 놓인 자신의 의자마저 슬쩍 뒤로 빼는 사람이 아닐까 한다. 좋은 제작자는 촬영 현장이나 모니터가 가장 잘 보이는 곳에 자리잡고서 스태프나 배우들을 감시하고 관리하는 사람이 아니다. 좋은 제작자는 자신의 자리를 비우고 뒤로 물러나서 감독, 프로듀서, 배우들에게 스스로 최선의 결과물을 만들어낼 것을 독려하고 그럴 수 있는 분위기를 조성해준다.

그러나 이것은 이상일 뿐, 사실 제작자가 이렇게 뒤로 물러나기는 쉽지 않다. 왜냐하면 자칫 현장에서 본인이 할 일이 없는 것처럼 보이기 때문이다. 배우는 연기를 하고 감독은 연출을 하고 스태프들은 각 파트의 일을 한다. 그런데 제작자는 현장에서 마땅히 할 일이 없다. 이때 인간이라면 누구나 이런 생각이 든다.

'어? 이 영화를 총괄하는 사람은 난데, 왜 내가 할 일이

없지?' '저 사람들이 나를 잊어먹은 거 아냐?'

이때 많은 제작자가 자격지심 때문에 '참견'을 하기 시작한다. 나도 이 현장에서 역할이 있는 중요한 사람이라는 것을 드러내고 싶어서 괜한 잔소리를 툭툭 던지는 것이다.

이렇게 제작자가 불필요한 참견을 하게 될 때, 현장에 있는 사람들은 어떻게 반응할까? 연기에 대해 지적받은 배우는 당연히 마음이 불편해지고, 감독은 "제가 알아서 할게요" 퉁명스럽게 대꾸한다. 이런 순간들이 자꾸 쌓이다보면 제작자는 현장에 있는 스태프들에게 불편한 존재가 된다. 그럼 그 제작자가 이런 분위기를 눈치채고 다음부터 그러지 않으려고 주의할까?

절대 아니다. 사람들의 반응이 냉랭할수록 어떻게든 더 영향력을 행사하려고 목소리를 높인다. 우리는 이런 사람을 '꼰대'라고 부른다.

제작자는 처음부터 자신이 어떻게 포지셔닝해야 할지 잘 알아야 한다. 아무리 영화의 허점과 결점이 눈에 띄더라도 입을 열 타이밍이 따로 있다. 그 타이밍이 오기 전에는 절대 입을 떼면 안 된다. 자신의 이름을 걸고 영화에 뛰어든 각 파트의 스태프와 배우들이 각자의 꽃을 만개할 때까지 기다려주어야 한다. 억지로 꽃봉오리를 벌리고 꿀벌을 밀어

넣어서 될 일이 아니다. 제작자의 사명은 사람들이 스스로 움직일 수 있는 자리를 잘 마련해주고 그 영역을 지켜주는 것이다.

그렇다면 나는 어떤 영화제작자가 될까? 나는 배우와 감독을 모두 겪어보았기에, 그들의 눈에 제작자가 어떻게 비치는지 잘 안다. 나의 포지션을 정확히 알고, 다른 사람들을 위해 내 의자를 조용히 비울 줄 아는 제작자가 되고 싶다.

언령을 믿으십니까

도심을
걷다가,
문득

가끔 도심에서 인파를 뚫고 지나가야 할 때가 있다. 이때 내 몸이 사람들 사이를 스치는 순간은 짧지만, 무리 지어 가던 사람들이 나누는 대화가 귓속으로 쑥 파고들 때가 있다. 그렇게 맥락 없이 우연히 들은 말에 붙들리면, 나는 여러 가지 공상을 하게 된다. 어떤 상황이라서 그런 말을 한 것일까 생각해보기도 하고, 그 말을 한 사람의 독특한 억양이나 말투, 또 흔히 쓰지 않는 단어 같은 것들을 곱씹어보기도 한다.

나는 평소에도 사람들을 관찰하는 것을 좋아한다. 누군가 한 인상적인 말들이 잘 떠나지 않고 머리를 맴도는 것도, 이렇게 사람의 표정과 언행을 유심히 관찰하고 되새겨보는 나의 버릇 때문인지 모르겠다.

그런데 가끔은 당장 집에 가서 귀를 씻고 싶은 기분이 들 정도로 거친 욕설을 침 뱉듯 뇌까리는 사람들을 만난다. 나를 향해 한 말이 아닌데도 듣는 순간 기분이 좋지 않다. 잘 살펴보면 그들이 정말로 화가 나서 그런 욕설이나 비속어를 쓰는 것도 아니다. 그냥 자신의 힘을 과시하고 싶어서 말끝마다 욕설을 섞어 쓰는 것이다. 하지만 설령 그게 그냥 말버릇이라 해도 나는 도무지 견디기가 힘들다. 극중에서 욕을 찰지게 쓰는 역할을 종종 맡다보니, 내가 일상에서도 욕과 비속어를 적절히 섞어 쓸 거라 생각하는 사람들은 이런 나에게 의외라고들 말한다. 하지만 나는 별 뜻 없이 한 말도, 일단 입 밖에 흘러나오면 별 뜻이 생긴다고 믿는 편이다.

말에는 힘이 있다. 이는 혼잣말의 경우도 마찬가지다. 듣는 사람이 아무도 없는 것 같지만 결국 내 귀로 다시 들어온다. 세상에 아무도 듣지 않는 말은 없다. 말로 내뱉어져 공중에 퍼지는 순간 그 말은 영향력을 발휘한다. 비난에는 다른 사람을 찌르는 힘이, 칭찬에는 누군가를 일으키는 힘이 있다. 그러므로 상대방에게 불필요한 오해를 불러일으키지 않도록 말을 최대한 세심하게 골라서 진실하고 성실하게 내보내야 한다. 입버릇처럼 쓰는 욕이나 자신의 힘을 과시

하기 위한 날선 언어를 내가 두려워하는 이유다.

어떤 사람은 말끝마다 세상이 꺼질 듯이 한탄하고 한숨을 쉰다. '아휴, 죽겠네' '못살아, 정말' '짜증나' 같은 말을 입에 달고 다니는 사람도 있다. 모든 사안에 대해 무조건 부정적인 대답부터 하고 보는 사람들도 있다. 누군가 어떤 제안을 하면 '그건 안 돼' '난 못해' 같은 말로 자신을 방어한다. 할 수 있을지 찬찬히 따져보고 자신의 능력치를 판단해서 하는 말이 아니다. 그냥 말버릇이다.

말에 대한 이러한 다양한 태도는 한 사람의 생각과 성격을 보여주는 척도인 동시에, 그 말을 들은 상대방에게까지 영향을 미친다. 한숨과 짜증과 불가능으로 점철된 말은 듣는 사람을 맥빠지게 하고, 상황이 정말 최악이라는 느낌을 전염시킨다.

말의 힘이 얼마나 강력한지 우리는 매일같이 체험하고 있다. 일부 인터넷 공간에 씹다 버린 껌처럼 나뒹구는 악플과 게시글들을 보라. 아무렇지 않게 개인의 신상을 털거나 마녀사냥을 하고, 또 누군가를 깎아내리며 거친 욕설을 한다. 그런 말들은 공격의 대상으로 삼고 있는 사람뿐만 아니라 그것을 우연히 읽게 된 사람들에게까지 피해를 준다. 불쾌한 느낌을 전염시키고, 세상이 이토록 냉혹하니 언제라도 나 역시 그런 공격의 대상이 될 수 있다는 두려움과 불안까지 유발한다. 그런 잔인한 악플을 쓰고 익명성 뒤에 숨어서 타인을 함부로 비난하는 사람들은, 자신이 괴물로 변하고 있다는 사실을 알지 못한다.

내가 강림이라는 역할을 맡은 영화 〈신과 함께〉는 인간이 사후 49일 동안 일곱 번의 재판을 거친다는 한국 고유의 세계관을 배경으로 한 이야기다. 망자는 살인 지옥, 나태 지옥, 거짓 지옥, 불의 지옥, 배신 지옥, 폭력 지옥, 천륜 지옥이라는 일곱 개의 지옥에서 각각 재판을 받는데, 이 모든 과정을 무사히 통과해야만 환생할 수 있다.

이때 살인 지옥에서는 직접적인 살인뿐만 아니라 간접적인 살인까지도 유죄로 본다. 누군가를 죽음으로 몰고 가는 원인을 제공했다면, 당연히 그 원인이 되는 언행을 한 사람은 살인자다. 주지훈이 연기한 '해원맥'은 차태현 형이 연기한 '자홍'에게 이러한 간접 살인에 대해 설명해주면서 "그러니까 인터넷 댓글 같은 거 함부로 달면 안 돼! 기록 다 남아!"라고 말한다. 이 부분은 내가 김용화 감독에게 꼭 넣었으면 좋겠다고 강력하게 제안한 장면이다. 극장에 온 관객들이 영화를 재미있게 보면서도, 한편으로는 내뱉는 순간 쉽게 사라지지 않고 영원히 세상을 떠도는 말의 힘에 대해 생각해보길 바랐기 때문이다.

말에는 힘이 있고 혼이 있다. 나는 그것을 '언령言靈'이라 부른다. 언령은 때로 우리가 예기치 못한 곳에서 자신의 권력을 증명해 보이고, 우리가 무심히 내뱉은 말을 현실로 뒤바꿔놓는다. 내 주위를 맴도는 언령이 악귀일지 천사일지는 나의 선택에 달려 있다.

우리는 연결되어 있다

팀플레이의 즐거움

응원하는 팀의 야구 경기가 없는 날에는 NBA 농구를 본다. 어느 날 별생각 없이 텔레비전을 틀었는데 클리블랜드 캐벌리어스와 보스턴 셀틱스의 경기가 중계되고 있었다. 한 선수가 코트 위를 거의 날아다니는 듯 활약하고 있었다. 당시 클리블랜드 소속이었던 르브론 제임스(현 LA 레이커스)였다. 그는 '킹 제임스'라는 별명으로 불릴 만큼 능력이 출중한 선수다. 스몰포워드이면서 종종 포인트가드의 역할을 할 정도로 득점력, 돌파력뿐만 아니라 패싱 능력까지 훌륭하다. 보고 있으면 '역대급'이라는 말이 절로 떠오를 만큼 대단한 선수다. 그에 비해 보스턴에는 르브론과 같은 슈퍼스타가 없다. 하지만 이날 경기에선 보스턴이 유난히 팀워크가 좋다는 생각이 들었다. 르브론의 화려한 개인플레이를 내세운 클리블랜드와 합이 딱딱 맞는 보스턴의 팀플레이가 대비되면서 관중을 흥분시켰다.

이 경기를 지켜보면서 나는 '그렇지, 혼자 하는 일은 절대 없지'라고 생각했다. 물론 이 경기가 보스턴의 승리로 끝났기 때문만은 아니다. 역대 전적을 놓고 본다면 보스턴이 항상 이기는 것도 아니다. 당연히 슈퍼스타가 있는 팀의 성적이 좋을 확률이 높다. 선수 개개인을 놓고 비교해본다면 보스턴에 르브론을 대적할 만한 압도적인 선수는 없다.

하지만 경기는 혼자 뛰는 게 아니다. 각자 포지션에 따라 주어진 역할을 충실히 해내면서 다섯 명이 다 함께 움직여야 한다. 그래서 제아무리 뛰어난 역량을 가지고 있다고 하더라도 코트 안에서 다른 멤버들이 서포트해주지 않으면 전혀 맥을 못 추는 상황이 벌어진다. 또 그 사람의 활약과 무관하게 소속팀이 부진한 상황도 생긴다. 그런 순간을 목격할 때면 나는 역시 온전히 혼자 이루는 큰일은 없다는 생각과 함께, 우리 삶도 수많은 팀플레이들로 구성되는 것임을 새삼 깨닫는다.

지나온 나의 필모그래피와 작업들을 돌아보면 내가 지금

여기까지 무사히 와 있다는 사실 자체가 놀랍고 또 한편으로는 두렵다. 삶의 행로 곳곳에 숨겨진 지뢰밭들을 나는 어떻게 피해올 수 있었던 것일까. 과연 앞으로도 그럴 수 있을까. 하지만 이런 생각조차 때로는 오만으로 느껴진다. 길에 깔려 있는 지뢰들을 용케 피한 것도, 또 길옆에 숨은 보물들을 하나하나 찾아낸 것도 나 혼자는 아니었기에. 내 인생이라는 코트에서 나는 언제나 동료들의 어시스트와 협력으로 인해 비로소 빛날 수 있었던 선수였다.

무슨 일이 생기면 무조건 남 탓을 하는 사람들을 볼 때가 있다. 물론 그간 쏟아부은 노력을 인정받고 싶은 마음은 이해할 수 있다. 하지만 내가 그렇다면 다른 사람들도 마찬가지다. 오로지 나만이 노력하고 최선을 다했다고 생각하는 것은 너무나 작고 얕은 마음 같다. 주변 사람들에게 불만을 가지고 책임을 밖으로 돌릴수록 나에게 남는 것은 화나고 억울한 마음뿐이다. 그 상태는 스스로를 고립시킨다. 그러니까 남 탓은 나를 더욱 외롭고 쓸쓸하게 만든다.

일의 결과에 상관없이 내 곁에 있는 사람들이 진심으로 감사하게 느껴지는 순간, 나는 혼자가 아니라는 사실을 깨닫는다. 보이지 않던 연결에 대한 감각이 살아나는 것이다. 수많은 사람들과 상황에 내가 연결돼 있고, 그 덕분에 지금

온전히 혼자 이루는 큰일은 없다.
내 인생이라는 코트에서 나는 언제나
동료들의 어시스트와 협력으로 인해
비로소 빛날 수 있었던 선수였다.

의 나라는 사람이 존재할 수 있다는 사실을 알게 된다. 이렇게 감사는 고립된 상태에서 벗어나 나를 충만하고 풍요로운 상태로 이끈다.

어쩌면 감사도 연습이다. 눈에 보이지 않는 크고 작은 연결고리들을 떠올리면서 나는 사람을 만나면 '감사합니다'라는 말을 '안녕하세요'라는 인사처럼 쓴다.

거기 당신, 늘 그 자리에 있어주어서 진심으로 감사합니다.

내 친구들을 소개합니다

걷기 모임의 올드보이들

우리 걷기 모임은 멤버가 늘 똑같지는 않다. 때로 걷기의 매력에 빠져든 지인이 있으면 당장 초대해 함께 걷고, 때로는 오래 함께했던 멤버가 바쁘거나 개인적인 사정으로 빠져나가기도 한다. 그래서 걷기 모임 멤버의 총 인원이 몇이냐, 라고 하면 늘 조금씩 달라진다.

그러나 몇몇 사람들은 언제나 그 자리에 있다. 문득 돌아보면 언제나 뚜벅뚜벅 걸으며 나의 동행이 되어준다.

1톤 트럭 데이트부터 미친 연기까지…… 망태 망태 밍태!

'밍태' 한성천 배우는 나의 대학동기다. 지금은 '밍태'라고 부르지만 초창기 별명은 '망태'였다. 예상하다시피 물론 망태는 '고주망태'의 줄임말이다. 대학 때 어찌나 술을 퍼마시는지, 성천이는 누가 봐도 영락없는 고주망태였다. 하지만 지금은 더이상 그때의 한성천이 아니다. 특히 걷기에 열중한 이래로 그는 완전히 다른 사람이 되었다. 말에는 권세가 있지 않나. 그러니 더는 성천이를 '망태'라는 망측한 이름으로 불러선 안 된다. 그래서 밍태라고 부르기로 했다. '밍태야~' 부르면 귀여우니까.

대학생 때 밍태와 나는 함께 자취를 했다. 밍태, 아니 당시의 망태가 타고 다니던 차가 아직도 잊히지 않는다. 우리는 다들 돈 없고 배고픈 연극영화과 학생들이었는데, 성천이가 학교에 자가용을 몰고 온 것이다. 그건, 아버지의 차였다. 아버지의 1톤 트럭……

긴 머리를 휘날리며 성천이는 1톤 트럭을 몰고 극장에도 가고 여자친구와 데이트도 했다.

〈577 프로젝트〉를 보신 분이라면 눈물 없이는 차마 볼 수 없는 배우 한성천의 신들린 연기를 기억할 것이다. 하루 열 시간 넘는 강행군을 이어갔기에 작은 물병 하나만 들어도 쓰러질 것 같은 시기, 나는 성천이의 가방에 몰래 돌을 잔뜩 넣어두었다. 왜 이렇게 몸이 천근만근일까, 내가 어딘가 아픈 건가, 수없이 자문하며 걷던 성천이는 쉬는 시간에 가방을 열었다가 돌무더기를 발견하고 나에게 너무 약올라했다. 나는 그런 성천이를 달래다가 이 억울함을 너만의 것으로 남겨두지 말고, 보다 규모가 큰 장난으로 승화시켜보자고 유혹했다. 기왕 이렇게 된 거 원정대원 모두를 감쪽같이 속여보기로 작당한 것이다.

국토대장정에 도전하며 새로운 삶을 살고자 했던 무명배우 한성천이 내가 장난삼아 배낭에 넣어둔 돌 때문에 결국 무릎이 나가버린다. 의료진은 이제 한 발짝도 더 걸어선 안 된다고 말하는데 성천이는 여기서 포기하지 않겠다, 해남까지 목발이라도 짚고 걷겠다며 눈물로 고집한다. 이것마저 못하면 난 정말 인생에서 아무것도 못하게 될 것이라는 한성천의 오열에 모두가 한바탕 눈물 콧물을 쏟는다……

내 장난에 가장 오랫동안 당해온, 하지만 여전히 잘 속는 친구 밍태. 밍태는 이제 내가 주는 물컵이나 젤리 하나도 그냥 받지 않는다. 꼭 냄새를 한참 맡고 나서 내용물에 물 대신 소주가 들어 있거나 여타 다른 이물질이 없는지 확인하고 나서야 먹는다. 그런데도 계속 당한다. 하와이에 함께 가면 밍태는 늘 나보다 먼저 잠드는데 나는 그걸 기다렸다가 숙면에 빠진 성천이 얼굴에 낙서를 한다. 미안해, 하지만 네가 약올라하는 모습이 나는 너무 재밌어……

싼드리나와 밍태.

나와 함께 걷는 친구들.

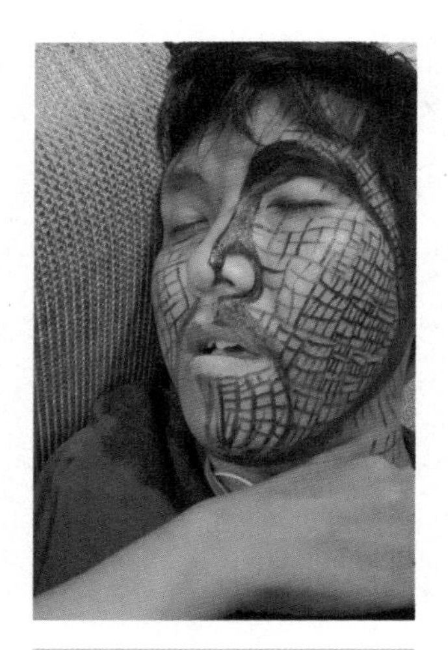

숙면중인 밍태 성천이의 얼굴에 그린 낙서.

미안해, 하지만 네가 약올라하는 모습이

나는 너무 재밌어……

배우 김준규는 대학 후배로 현재 김재영이라는 이름으로 활동중이다. 어쩐지 우리나라 사람 같지가 않고 외국인처럼 느껴져서 우리는 준규라는 멀쩡한 이름을 놔두고 '좐큐'라고 느낌 있게 부른다. 좐큐가 외국인처럼 보이는 데는 그의 '끔찍한'(?) 패션감각이 한몫한다. 그는 패션 테러리스트다. 중요한 자리에 운동복 반바지를 걸쳐입거나 핫팬츠를 입고 나타날 정도니까. 유독 짧은 반바지를 너무 좋아해서 자꾸 그렇게 입고 나타난다. 어떤 자리에 어떤 옷을 입어야 하는지 전혀 생각하지 않는, 아예 그런 개념이 장착되지 않은 사람이다. 좐큐는 프리 의상주의자, 혹은 오가닉 패셔니스타이다.

좐큐는 핫팬츠를 입고 엄청나게 걷는다. 우리 걷기 모임의 에이스다. 하루 16만 보라는 믿을 수 없는 '세계신기록'을 찍어 핏빗계의 전설로 남았다. 핫팬츠를 별나게 좋아하는 이유도 아마 걷기 편한 옷이기 때문일 것이다. 그만큼 걷기에 미쳐 있다. 내가 저녁 7시에 우리 동네에서 만나 막걸리 한잔하자고 연락하면 좐큐는 집에서부터 걸어온다. 걷기 모임 열혈멤버이니 약속장소까지 걸어오는 게 당연한 거 아니냐고? 좐큐는 경기도 광명시에 산다. 그리고 우리 동네는 신사동이다. 좐큐는 아침 10시에 출발해서 나를 만

나러 걸어온다.

좐큐의 하체는 축구선수처럼 튼실하다. 그래서 핫팬츠를 입으면 시선 강탈, 보는 사람이 약간 민망해질 정도다. 하지만 그는 여전히 그 패션을 고수한다. 얘는 정말 걷기에 미친 놈이 아닐까? 나도 걷기라면 한가락 한다고 자부하지만, 좐큐의 스케일에는 도무지 미치지 못한다.

좐큐는 만약 15일에 전라도 광주에서 촬영이 있다 치면, 12일경에 대전까지는 차를 타고 이동한 후 자신만의 대장정을 준비한다. 3박 4일에 걸쳐 '걸어서' 촬영장으로 가는 것이다. 그래서 나는 좐큐에게는 '잘 지내냐'는 안부보다 늘 이렇게 묻고 싶어진다.

좐큐야, 너 지금 어디니? 또 걷고 있니?

왜냐고, 왜냐고 묻지 마라 '웨이러미닛 찰리'!

배우 강신철과 나는 중학교 동창이다. 우리에게는 어릴 때 미국에서 살다 와서 모든 문장을 R 발음으로 끝내는 친구가 있었다. 그 친구가 신철이를 부를 때 신처얼~ 쉰철~ 하던 게 찰스가 되었고, 또 여기서 변형되어 찰리가 되었다. 〈롤러코스터〉를 본 사람이라면 회장님에게 계속 무릎 꿇고 사과하던 미남 사무장을 기억할 것이다. 그게 바로 찰리다. 신철이는 잘생겨서 영어 이름이 더 잘 어울리는 것 같다. 하지만 별명에 큰 뜻은 없다. 우리가 짓는 별명은 늘 그런 식이다. 그냥 마음 가는 대로, 느낌 있는 대로 아무렇게나 지어 붙이고 평생 지겹도록 불러준다.

우리가 부르는 별명에 대한 이야기를 더 하자면, 신철이는 이제 조금 더 글자수가 늘어난 '웨이러미닛찰리'라는 긴 별명으로 불린다. 이건 윤종빈 감독이 붙인 별명이다. 마틴 스코세이지 감독, 로버트 드니로 주연의 영화 〈비열한 거리〉에 나오는 대사 "Wait a minute, wait a minute, Charlie……"에서 탄생한 이 별명 역시도 별다른 뜻은 없다. 그저 우리가 마틴 스코세이지와 로버트 드니로를 무척 좋아할 뿐이다.

이밖에도 코비 브라이언트를 닮은데다 코가 커서 '코활량'이 좋은 후배 코비 상원이, 늘 활력 넘치는 램보 황보라, 그리고 싼드리나, 언젠가 한명 한명 또 이야기할 기회가 있을 것이다. 이루 다 쓸 수 없는 추억은 잠시 묻어두고 우리, 일단은 계속 함께 걷자.

언제까지나 함께 걷고 싶은 나의 친구들.

나를 꾸준히 걷게 하는 사람들.

이루 다 쓸 수 없는 추억은 잠시 묻어두고

우리, 일단은 계속 함께 걷자.

걷는 자들을 위한 수요 독서클럽

걷기와 독서의 오묘한 공통점

우리 걷기 모임 멤버들은 각자 다른 집과 일터에서 살아가지만 늘 함께 있는 것처럼 느껴진다. 우리는 핏빗을 통해 서로의 걸음수를 매일 공유한다. 그러니까 오늘 누군가의 걸음수가 어제와 다르게 현저하게 떨어져 있다면, 일 때문에 옴짝달싹 못하나 혹은 아픈 건 아닌가 싶어 안부를 묻고 싶어진다. 혹은 누군가 '오늘 좀 걷는데?' 싶을 정도로 갑자기 등수를 훅 치고 올라오면, 지금 어디를 가고 있는 중인지 궁금해진다. 분명히 차를 타고 장거리 이동을 한다고 했는데, 걸음수가 계속 늘면 혹시 '흔들기'를 하고 있는 건 아닌가 수사에 나서기도 한다. '흔들기'란 걷지 않고 핏빗을 일부러 흔들어서 기계에 찍히는 걸음수만 늘리는 편법을 말한다. 주로 최근 많이 걷지 못한 멤버가 어떻게든 하위권 열등생에서 벗어나보려고 할 때 쓰는 최후의 수단이다. 물론 이 '흔들기' 편법을 써봤자 우리는 다 잡아낸다. 걷지 않고 핏빗을 흔들면, 걸음수는 올라가도 이동거리를 나타내는 킬로미터 수치는 늘지 않기 때문이다.

우리의 하루는 이렇듯 긴밀하게 연결되어 있다.

각자의 걸음을 걷다가 어느 하루 일정을 맞춰서 함께 빡세게 걸어볼까 약속을 잡는다. 그날은 스케줄을 비우고 종일 붙어다니면서 이런저런 이야기를 나누며 걷는다. 이러니 서로의 근황에 대해 모르려야 모를 수가 없다. 이렇게 가족처럼 너무 친하고 서로에 대해 빤히 알다보니 우리는 점점 신선한 대화를 나누기 어려운 사이가 되어버렸다. 심심해서 자주는 만나는데 할 얘기는 없어지는 희한한 상태. 우리가 특별한 대화를 나누지 않아도 편안한 사이가 된 것까지는 좋았지만, 가끔은 서로의 삶에 약이 되는 이야기를 공유하고 싶었다. 서로가 서로에게 언제까지나 새로운 자극을 주는 관계로 남았으면 좋겠다고 생각했다. 그래서 우리는 독서모임을 시작했다.

원칙은 간단하다. 매주 책 한 권을 읽고서 일주일에 한

번, 수요일 저녁에 모여서 이야기를 나눈다. 발제자를 정하거나 딱딱한 토론을 하는 건 아니다. 그냥 그 책을 읽고 든 생각들, 그 책에 대한 느낌들을 자유롭게 털어놓는 것이다. 맛있는 것을 먹으면서, 술 한잔을 마시면서, 그리고 그것들을 먹으러 가기 위해 슬슬 걸으면서.

우리 독서모임의 첫번째 지정도서는 일본의 변호사 니시나카 쓰토무가 쓴 『운을 읽는 변호사』였다. 성공과 행복은 철저히 개인의 능력치에 달려 있다기보다는 운과 기세에 따라 천차만별로 달라진다는 점에 공감이 갔다. 나만 잘하고 또 열심히 한다고 해서 일의 결과까지 보장되는 것은 아니다. 그렇다면 성공과 행복을 불러오려면 어떻게 해야 할까?

이 일본의 변호사 할아버지는 행운을 자기편으로 끌어들이는 방법에 대해 실제 그가 만난 의뢰인들의 삶을 예로 들어서 쉽고 친절하게 알려준다. 책을 다 읽고 나니 내가 그간 해온 고민들과 나름대로 찾아낸 답을 누군가 대신 써준 것 같다는 느낌까지 받았다. 그게 무척 고맙고 반가운 마음이 들어서 한동안 이 책을 여러 권 사서 주변 사람들에게 선물해주었다.

이것이 시작이었다. 누구보다 좋은 배우가 되고 싶어하

고, 또 좋은 사람으로 살고 싶은 친구들, 후배들과 함께 책을 읽고 이야기를 나누고 싶어졌다. 그들이 얼마나 오랫동안 간절하게 연기와 삶에 대한 고민들을 이어왔는지 잘 알고 있었으니까.

독서와 걷기에는 묘한 공통점이 있다. 인생에 꼭 필요한 것이지만 '저는 그럴 시간 없는데요'라는 핑계를 대기 쉬운 분야라는 점이다. 하지만 잘 살펴보면 하루에 20쪽 정도 책 읽을 시간, 삼십 분가량 걸을 시간은 누구에게나 있다.

핏빗을 통해 연결되어 있기에 우리가 서로를 격려하며 매일 꾸준히 걸을 수 있었던 것처럼, 우리는 독서도 함께해 보기로 했다. 저녁을 함께 먹으면서, 혹은 맥주나 막걸리를 마시면서 전반적으로 책이 어땠는지, 또 어떤 부분이 특히 마음에 남았는지 편하게 대화했다. 책 내용 중 내 생각과 비슷한 부분을 발견했을 때는 신이 나서 떠들었고, 어떤 책은 자기와는 영 맞지 않는 것 같다는 소감을 토로하기도 했다. 그러면서 우리는 이미 잘 안다 믿었던 서로에 대해 좀더 이해하게 되었다.

책을 함께 읽는다는 것은 이미 잘 안다고 믿었던 서로의 마음속을 더 깊이 채굴하는 것과도 같았다. 헤어져 집으로 돌아오는 길이면 어쩐지 더 좋은 삶을 살고 싶은 마음과 함께, 서로의 일과 삶에 대한 응원의 마음이 차올랐다.

물론 모임을 이어가다보니 책을 읽어오지 못하는 사람도 생기고, 그 주의 책이 별로 재미없었다고 말하는 사람도 있었다. 바빠서 서로 모이지 못하는 날도 있고, 다음 책을 쉽사리 정할 수 없는 날도 있었지만, 그래도 우리는 지금까지 꾸준히 모임을 이어가려 노력하고 있다. 오프라인에서 만나지 못한 주에는 카카오톡 단체톡방에서 책수다를 나눈다.

우리들만의 독서 모임에서 그간 읽은 책들의 리스트는 다음과 같다. 다비드 르 브르통의 『걷기 예찬』, 구가야 아키라의 『최고의 휴식』, 일자 샌드의 『센서티브』, 마이클 해리스의 『잠시 혼자 있겠습니다』, 토니 포터의 『맨박스』, 조훈현의 『조훈현, 고수의 생각법』, 다다 후미아키의 『말의 한 수』, 이기주의 『말의 품격』 등이다. 책제목을 보면 우리가 공유하는 관심사를 짐작할 수 있을 것이다. 걷기와 휴식, 단순한 삶에 대한 관심, 예민하고 섬세한 기질에 대한 해석, 남자다움이라는 고정관념에 대한 고민, 말의 힘 그러므로 누군가를 탓하거나 욕하고 싶지 않은 마음……

나는 주로 이동하는 차 안에서 책을 읽는 편이다. 웬만한 거리는 걸어다니지만, 원거리 촬영장으로 갈 때에는 차를 타는데, 이 시간이 좀 아깝다. 그 시간을 허투루 보내지 않

독서와 걷기에는 묘한 공통점이 있다.

인생에 꼭 필요한 것이지만 '저는 그럴 시간 없는데요'라는

핑계를 대기 쉬운 분야라는 점이다.

고 잘 활용한다면 생각 외로 아주 많은 일들을 해낼 수 있을 것 같았다. 그래서 나는 차 안에서 밀린 시나리오를 읽거나 책을 읽는다.

이런 습관을 들이고 나니 일주일에 책 한 권씩을 읽는 일이 그다지 어렵지 않게 느껴졌다. 일 년은 약 52주니까, 일주일에 한 권씩만 책을 읽어도 1년에 50여 권의 책은 읽을 수 있다.

최근 저마다 바빠서 오프라인 모임을 갖지 못하고 각자 책을 읽었다. 조만간 독서모임을 다시 소집해 한잔하면서 책 이야기를 나누고 싶다. 독서는 고독하게 혼자 하는 것이라고 생각했는데, 같은 길을 걷는 친구들과 함께 읽는 책은 조금 더 재미있다.

3부

사람,
걸으면서
방황하는
존재

가만있지 못하는 재능이 있습니다

미안합니다, 한우물만 못 파요

'산만하고 주의집중력이 현저히 떨어짐.'
혹시 어린 시절 담임선생님이 써주는 생활통지표에서 '산만하다'는 평가를 받아본 적 있는가? 어린 시절엔 몰랐는데, 최근 나는 내가 다소 산만해 보인다는 걸 깨닫고 있는 중이다.

얼마 전 중요한 사안을 논의하는 회의 자리에서였다. 테이블에 앉아 상대방의 이야기를 경청하고 있는데, 내 옆에 앉아 있던 분이 조심스럽게 물어왔다. 혹시 지금 우리가 나누고 있는 이야기들 말고 다른 것을 제안해보고 싶은 것이 있냐고, 만약 그렇다면 얼마든지 편하게 이야기를 꺼내도 괜찮다고 말이다.

그때 나는 회의에 완전히 몰입하고 있었기 때문에, 그분이 어째서 그렇게 말하는 건지 당황스러웠다. 그러다 곰곰 생각해보니 짚이는 데가 있었다. 회의 내내 내가 테이블 위에 수첩을 펼쳐놓고 펜으로 낙서를 하고 있었던 것이다. 아마 그분은 그 모습을 보고 내가 딴생각을 한다고 오해한 것 같다.

그 사건을 계기로 나 자신에 대해 또하나 새롭게 깨달았다. 나는 이야기를 들을 때 가만히 있지 못하고 다른 행동을 하는구나. 이것이 자칫 오해를 살 수도 있겠구나. 그래서 이제는 회의처럼 집중해야 하는 상황이 오면 시작 전에 회의에 동석한 사람들에게 미리 양해를 구한다. 내가 좀처럼 가만있지를 못해서 이렇게 노트를 펼쳐놓고 낙서를 하는데, 이것은 글씨가 어지러워서 그렇지 하정우만의 회의 속기록이라고 여겨달라고, 나는 틀림없이 이야기에 귀기울이고 있다고. 물론 자주 만나 회의하는 사람들은 이내 나의 이런 습성에 익숙해져서 크게 개의치 않는다.

그런가 하면 나는 뭐 하나에 꽂히면 피곤할 정도로 집착하는 면도 있다.

〈허삼관〉을 촬영할 때의 일이다. 단체숙소 근처의 비닐

하우스에 체력단련실을 마련했다. 각자 집을 떠나 순천에 머물면서 촬영하고 있던 터라 체력과 컨디션을 잘 유지하는 게 중요했다. 우리는 이 간이 체력단련실에 탁구대를 비치해두고 촬영이 끝난 후 밤마다 모여서 탁구를 쳤다. 운동 효과가 있을 뿐만 아니라 승부를 가리는 재미가 있는 게임이다보니 나는 무섭게 탁구에 빠져들었다. 가볍게 즐기고 몸을 풀고 나면 내일의 촬영을 위해 그만 자러 들어가야 하는데, 점점 승부욕이 솟아나서 몇 시간씩 맹연습을 하기 시작했다. 나는 여기서 반드시 탁구를 마스터해야겠다고 결심했다. 어떻게 하면 탁구 경기에서 지지 않을까 연구하고 '탁구 불패 신화'를 써보고 싶었다. 늦은 밤까지 탁구 경기 중계를 열렬하게 시청하는가 하면, 탁구공을 자동으로 쏴주는 70만 원짜리 머신까지 자비로 설치했다.

나중에 촬영이 끝나고 서울에 올라와 동생과 탁구를 칠 기회가 있었다. 동생은 원래 나보다 탁구 실력이 훨씬 뛰어났다. 그러나 내가 〈허삼관〉 간이 체력단련실에서 고군분투한 이후로는 아니었다. 동생은 탁구 실력이 부쩍 늘어서 돌아온 나를 보고 크게 놀라서, 도대체 영화를 찍고 온 건지 탁구 스파르타 훈련을 하고 온 건지 의아해했다.

탁구는 하나의 예에 불과하다. 나는 무언가에 한번 꽂히면 그것이 무엇이든 간에 반드시 끝장을 봐야 한다. 그저 가벼운 취미 생활이 되어도 괜찮을 텐데, 왜 나는 그 정도 선에서 멈추지 못하는 걸까. 왜 나는 뭘 해도 적정선을 모르고 끝까지 달리고야 마는 걸까.

이런 특성들에 대해 사람들이 일반적으로 어떻게 평가하는지 생각해보았다. 사람들은 대개 가만히 있지 못하는 사람을 보면 집중력이 떨어진다고들 말한다. "가만히 좀 있어" "정신없어" "왜 이렇게 산만해?" "집중 좀 해" 그런 잔소리들도 거침없이 한다. 나는 일면 사람들의 말을 인정하면서도 다른 한편으로는 딴생각이 든다. 이런 사람들은 오히려 여기저기에 다양한 관심을 두는 능력이 있다고 말할 수 있지 않을까? 도통 가만있지 못하는 사람을 지켜보는 일은 타인의 시선에서는 정신없고 불안해 보일 수 있겠지만, 당사자에게는 호기심 안테나를 활짝 펼치고 새로운 경험을 하고 있는 상태일 수도 있다. 다수가 정의하는 정상이라는 기준은 얼핏 들으면 합리적인 듯하지만, 실은 그렇지 않은 경우가 훨씬 많다.

사회생활을 할 때도 비슷한 상황이 벌어진다. 사람들은 직업이 아닌 일에 열중하거나 다양한 분야에 도전하려는 사람들을 보면 '한우물만 파라'고 조언한다. 이것저것 다 찔러보다가는 죽도 밥도 안 될 수 있으니 제일 잘하는 것 하나만 우직하게 하는 것이 성공의 비결이라고들 말한다. 정말 그럴까? 인간은 호기심의 동물이라면서 왜 많은 분야에 관심을 두고 다양한 일을 경험해보려고 하면 일단 잘되긴 글렀다고 의심부터 하고 보는 걸까?

아무리 생각해도 한우물만 파라는 말은 이상하게 들린다. 몇 개의 우물을 부지런히 파서 열심히 두레박을 내리다 보면, 내가 평생 식수로 삼을 우물을 발견하기가 더 쉬워지지 않을까? 나는 한 사람 안에 잠재된 여러 가지 능력을 일생에 걸쳐 끄집어내고 활짝 피어나게 하는 것이 인생의 과제이자 의무라고 본다. 그런 과정이 결국 나를 완성해주는 것이라 믿는다.

그런데 이런 나에게 혹시 ADHD인 것은 아닐까 싶다고 조심스럽게 귀띔해준 사람이 있었다. 주의력결핍과잉행동장애. 나는 단 한 번도 그런 의학적인 용어로 내 성격을 진단해보려 한 적이 없었기 때문에, 나를 걱정하는 그분의 말이 낯설고 당황스러웠다. 그분에게는 ADHD를 가진 조카들이 있다고 했다. 나를 만나 이야기를 들어보고 또 평소의 내 모습을 관찰해보면 조카들과 비슷한 점이 많다는 것이다. 어린 시절에 가지고 있던 ADHD가 성인이 되어 다른 양상으로 나타나는 경우가 있는데, 그것이 성인 ADHD이고 아무래도 내가 그런 케이스인 듯하다고 했다. 물론 자신은 의사가 아니기 때문에 그저 겉모습만 보고 추측해본 것이니 얼른 병원에 찾아가서 전문가의 진단을 받아보라고 권했다.

나는 조금 멍해졌다.
그리고 어쩌면, 그 말이 맞을 수도 있겠구나 싶었다.

그후 ADHD에 대한 책들을 잔뜩 사서 그 증상에 대해 공부하기 시작했다. 정말 엄청나게 많은 책들이 있었다. 개인마다 드러나는 양상이 워낙 다르고 또 정도의 차이도 커서 쉽게 단정하긴 어렵지만, 책 속의 증상들은 나와 닮은 면들이 아주 많았다. ADHD에 대해 공부해나갈수록 나는 어린 시절의 나를 자주 떠올리곤 했다. 한시도 가만있지 못하고 좋아하는 것에는 과도하게 몰두하고 그러다 또 금방 다른 것에 관심을 옮겨가고…… 어린 나도 그런 자신이 힘들지는 않았을까? 나에게 "집중해라" "가만히 있어라" "하나만 제대로 해라" 강압적으로 꾸짖는 어른들은 없었지만, 좀 더 차분하고 의젓하고 예측 가능한 행동을 하는 아이가 되길 바라는 어른들의 기대를 아예 느끼지 못했던 것은 아니었다. 어린 나는 어떻게 그 시간들을 건너온 걸까?

나는 현재 배우이자 영화감독, 제작자, 그리고 그림을 그리며 살아가는 사람이다. 누군가에게는 심각한 결함일 수 있는 나의 특성을 각각의 직업에 맞게 녹여내고 적용하며 살고 있는 셈이다.

책을 보니 레오나르도 다빈치, 아인슈타인, 스필버그 등도 ADHD 성향이 있었다고 한다. 물론 이처럼 능력이 출중한 천재들이 ADHD 성향을 가지고 있었다는 사실만 강조하면서, ADHD를 가지고 평범하게 살아가거나 그로 인해 심각하게 고통받는 사람들의 존재를 지워서는 안 될 것이다. 그러나 한편으로 우리는 누구나 ADHD 성향을 갖고 있는지도 모른다는 생각도 들었다. 가만있기보다는 자꾸만 움직이고 싶고, 자신의 감정을 상대가 알아채지 못할까봐 넘치게 표현하고, 한 가지에만 진득하게 집중하지 못하는 성질, 이것은 가장 어린아이다운 본능이기도 하다. 보통 사람들은 한살 한살 나이를 먹고 사회성을 익혀가면서 이 본능을 깎고 다듬어 타인을 불편하지 않게 하는 법을 배운다. 하지만 ADHD 아이들은 가장 아이다운 본성을 평생 몸에 지닌 채 이 반듯한 어른들의 세계를 계속 살아내야 하는 것이다.

나를 염려해준 지인의 말이 고마웠지만, 나는 내가 정말 ADHD 성향이 있는지 검사하러 병원에 가진 않기로 결정

나는 이모저모 두루 관심이 많고,
끊임없이 몸을 움직이며 걸어다니는 사람,
말하면서도 건들건들 몸을 움직이고
‘제자리뛰기’라도 해야 성에 차는,
도통 가만있질 못하는 사람이다.

하지만 괜찮다.

이제부터
가만있지 못한다고 말하는 대신
'가만있지 못하는 능력'이 있다고 말해야겠다.
그 능력 덕분에 배우, 감독, 제작자,
그림 그리는 사람이라는 여러 직업을
한 번의 생에 동시에 살아가는
축복도 누리는 것일 테니까.

했다. 나는 이모저모 두루 관심이 많고, 끊임없이 몸을 움직이며 걸어다니는 사람이자 말하면서도 건들건들 몸을 움직이고 '제자리뛰기'라도 해야 성에 차는 도통 가만있질 못하는 사람이다. 하지만 괜찮다. 이런 내 성향이 내 삶을 방해하지 않는 한, 나는 주의력결핍에 호기심 충만한 내 성격을 지지하면서 살아갈 것이다.

그러니 이제부터 가만있지 못한다고 말하는 대신 '가만있지 못하는 능력'이 있다고 말해야겠다. 그 능력 덕분에 배우, 감독, 제작자, 그림 그리는 사람이라는 여러 직업을 한 번의 생에 동시에 살아가는 축복도 누리는 것일 테니까.

나를 확신할 수 없다

**믹싱,
완벽한 소리를 붙들려는
불완전한 인간의 분투**

나는 한번 결정한 일은 자신 있게 밀어붙이는 편이다. 하지만 누군가 나 자신을 믿느냐고 물으면 쉽게 대답하기가 어렵다. 자신감을 가지는 것과 자신을 확신하는 상태는 얼핏 비슷하게 들리지만 전혀 다른 문제 같다. 만약 어떤 일을 최선을 다해 열심히 했다면 후회나 미련이 생기지 않기 때문에 자신감을 가질 수 있다. 열심히 보낸 시간 자체가 나에게 힘이 되어주는 것이다. 그러므로 자신감이란 자신이 지나온 시간과 열심히 한 일을 신뢰하는 데서 나오는 힘이라고 정의할 수 있을 것 같다.

그렇지만 나는 스스로에 대해서라면 결코 확신할 수 없

다고 생각한다. 만약 확신한다면 그것은 착각이다. 나는 사람이 확신할 수 있는 것은 아무것도 없다고 본다. 만약 지금 자신의 결정에 확신이 든다면 그 순간 자신을 의심해보아야 한다. 자신감과 확신, 이 두 상태의 차이를 나는 믹싱 작업을 하면서 분명하게 알게 되었다.

믹싱이란 영화의 대사, 소리, 음악 등을 관객들이 조화롭게 들을 수 있도록 혼합하고 조절하는 작업이다. 대사가 선명하게 전달되도록 알맞은 볼륨을 설정하고, 음악이 어느 시점에 들어갔다가 빠질지도 결정해야 한다. 특히 영화에는 그 장면의 주가 되는 사운드 외에도 우리가 분명히 감각하고 있는 다양한 소리가 자연스럽게 녹아들어야 한다. 예를 들면 인물들이 대사를 주고받는 와중에 누가 지나가거나 뒤쪽 창문이 열려 있다면, 이에 어울리는 소리들이 함께 들려야 한다. 커졌다가 점점 잦아들어가는 발소리나 창문 밖에서 들려오는 바람 소리, 차가 질주하는 소리 따위가 있어야 사운드가 완성되는 것이다. 믹싱 작업을 할 때는 한 공간에 흐르는 특정한 소리들을 세심하게 파악해서 적재적소에 흘러가게 조율해야 한다.

그런데 믹싱 작업을 하다보면 분명 같은 소리인데 그 소리가 언제나 똑같이 들리진 않는다는 것을 알게 된다. 조금

과장해 말하자면 '오늘의 나'와 '내일의 나'가 완전히 다른 사람이라는 것을 깨닫게 되는 것이다. 그뿐인가, 하루 중에도 특정한 소리를 아침에 들었을 때와 저녁에 들었을 때가 전혀 다르게 들린다. 최선을 다해 온 감각을 집중해보아도 몸상태가 달라지면 같은 소리도 다르게 들린다.

만약 오늘 대사가 잘 들리지 않는 것 같아서 믹싱기사님에게 대사의 볼륨을 확 키워달라 했다고 가정해보자. 그런데 이상한 일이다. 다음날 와서 다시 들으면 그 부분이 너무 도드라지게 들린다. 한동안은 그것을 번복하는 과정이 이어진다. 줄였다가 키웠다가. 그러다가 어느 순간 너무도 당연한 사실을 깨닫게 된다. 문제는 소리가 아니라 다름 아닌 나 자신인 것이다.

그래서 대부분의 믹싱기사님들은 감독에게 하루종일 믹싱에 매달리지 말고 제일 편한 시간에 와서 작업하라고 권유한다. 무리해서 일하지 말라는 것이다. 가장 좋은 컨디션으로 일관된 기준을 가지고 작업해나가야 한다. 믹싱을 할 때 나는 지금 이 순간 내게 들리는 소리와 느낌을 확신하면서 어떻게 소리를 줄이고 키울지 결정하기보다는, 전날 내가 듣기에 석연찮았던 사항들을 적어놓은 노트를 펼쳐보면서 다시 맞춰보는 방향으로 작업한다. 만약 지금까지는 쭉 괜찮았는데 오늘 유난히 대사가 잘 안 들리는 것처럼 느껴진다면? 원인을 찾아야 한다. 그리고 그 원인이 스피커일 확률은 아마 거의 없을 것이다. 의심해야 할 대상은 바로 나 자신이다.

이렇듯 나의 감각이 하루에 열두 번도 더 바뀌는데 어떻게 나에 대해 확신할 수 있겠는가? 사람의 마음이라고 다를까? 나의 감각과 마음은 순간순간 바람의 흐름처럼 변한다. 그런데 연기와 그림은 이 감각과 마음을 활용하는 일이다. 그러므로 나는 일할 때 막연한 느낌이나 주관에 치우치지 않도록 나 자신을 계속 점검한다. 누군가와 생각이 다를 때도 최대한 객관적으로 이야기하려고 노력한다. 현재 나의 기분이나 마음은 언제든 변할 수 있는 것이니까. 또 내가 그렇다면 상대방도 마찬가지일 것이다.

결국 우리가 할 수 있는 일은 최선을 다하면서 자신이 믿고 기댈 수 있는 시간을 쌓아가는 것뿐이다. 나는 내가 지나온 여정과 시간에 자신감을 가지고 일을 해나가지만, 결코 나 자신의 상태에 대해서는 확신하지 않는다. 어쩌면 확신은 나 자신이 불완전하다는 사실을 부정하는 오만과 교만의 다른 말인지도 모르기 때문이다.

왜 사랑받지 못했을까?

그럼에도 감독의 길을 계속 가는 이유

내가 간절하게 기도하고 잘되길 바랐던 〈허삼관〉은 흥행에 참패했다. '관객이 왜 내 작품을 못 알아보지?'와 같은 단순한 질문이 아니라, 나는 보다 근본적인 물음을 던져야 했다.

'도대체 뭐가 문제였을까?'

〈허삼관〉은 그 당시 내가 할 수 있는 모든 노력과 준비를 다한 작품이라는 생각이 든다. 사실 지금 다시 찍으라 해도 내가 더 할 수 있는 일은 거의 없을 것 같다는 생각이 들 정도다. 만화처럼 각 신들을 컷별로 디테일하게 구성하고 짜 놓는 콘티 작업을 자그마치 5차까지 진행했다. (보통 2차 정도까지 진행한다.) 그리고 이 5차 콘티를 바탕으로 전체 영화의 40퍼센트 정도 분량을 핸디캠으로 미리 촬영해보기까지 했다. 사전촬영까지 진행해 영화의 전체적인 분위기가 어찌 나올지 예견할 수 있었으므로, 나는 이 영화가 물 샐 틈 없이 준비됐다고 생각했다. 더불어 이 모든 결정을 내가 독단적으로 내린 것이 아니라 연출부, 투자배급사, 제작사와 원활하게 잘 소통하며 나아갔다고 믿었다. 그리도 악착같이 했지만, 나는 패했다.

왜 사랑받지 못했을까?

내 연출작이 언급된 기사에 달린 댓글을 보면 '배우만 하세요' 같은 지적들이 보인다. 그것을 그냥 악플의 범주에 밀어둘 수도 있겠지만, 나는 내가 왜 배우가 아닌 감독으로서는 사람들에게 널리 사랑받지 못했는지 고민하고 받아들이려 노력했다.

그런데 역설적으로 감독으로서 나는 그렇게까지 노력했는데도 사람들의 사랑을 얻지 못했으므로, 이젠 불안감이 없다. 불안은 내가 한 일에 대한 사람들의 반응을 도무지 종잡을 수 없는 데서 나오지만, 나는 이미 한번 다 치러본 것이다. 전혀 예상치 못했던 결과지를 받아들고 망연자실했던 시간은 지나갔다. 이제 문제는 감독으로서 세번째 연출작을 어떻게 찍고, 어떤 마음가짐으로 영화감독의 일에 임해야 하는가일 뿐이다. 내가 진짜로 만들고 싶은 영화가 무엇인지 묻고, 원 없이 보여주는 것뿐이다.

사실 배우로서든 감독으로서든 새 영화를 시작할 때 나는 늘 두렵다. 그러나 그 두려움이 나를 주저앉히거나 새로운 시도를 아예 못하도록 막지는 않는다. 또한 성공과 실패란 단순히 흥행의 그래프만으로는 확정할 수 없는 것이라는 생각도 든다. 〈허삼관〉은 흥행에는 실패했지만 '나의 실패작'은 아니다. 내가 〈허삼관〉을 연출하면서 받은 선물들은 물질로는 다 헤아릴 수 없을 정도다.

누군가 내게 "하정우씨, 배우만 하세요"라고 말할 때 나는 예전에는 상처받았지만, 앞으로는 상처받지 않으려 한다. 그건 내가 배우로서는 대중들에게 꽤 친숙하고 그럭저럭 잘해왔다는 뜻 아닌가. 감독 하정우는 배우 하정우에게 빚졌지만, 언젠가는 감독 하정우가 배우 하정우에게 그 빚을 갚을 날도 있으리라 생각한다. 배우 하정우는 지금까지 많은 행운과 사랑을 누렸고 순탄한 길을 걸어온 편이지만, 스무 살에 연극무대에 오른 이후 서른 무렵 10년 만에 간신히 빛을 본 사람이기도 하다. 그에 비하면 영화감독 하정우는 이제 데뷔한 지 고작 몇 년밖에 안 된 신출내기다. 감독으

우리는 실패한다.

넘어지고 쓰러지고 타인의 평가가 내 기대에 털끝만큼도 못 미쳐 어리둥절해한다.

그러나 그때마다 나는 생각한다.

'어차피 길게 갈 일'이라고. 그리고 끝내 어떤 식으로든 잘될 것이라고.

로서의 성공과 실패를 운운하기엔 아직 가야 할 길이 멀다.

우리는 실패한다. 넘어지고 쓰러지고 타인의 평가가 내 기대에 털끝만큼도 못 미쳐 어리둥절해한다. 그러나 그때마다 나는 생각한다.

'어차피 길게 갈 일'이라고. 그리고 끝내 어떤 식으로든 잘될 것이라고.

나는 아직 감독의 삶이라는 긴 도정의 초입에 서 있다. 중간 지점에서 성공하거나 실패하거나 넘어지거나 꽃다발을 받거나 하는 일들은 어쩌면 크게 중요한 게 아닐지 모른다. 일희일비 전전긍긍하며 휘둘리기보다는 우직하게 걸어서 끝끝내 내가 닿고자 하는 지점에 가는 것, 그것이 내겐 소중하다.

남자다운 게 뭔가요?

두려움에 대하여

독서모임에서 『맨박스』라는 책을 읽었다. 미국의 유명한 사회운동가인 토니 포터가 쓴 이 책의 부제는 이렇다. '남자다움에 갇힌 남자들'. 그는 남성성에 대한 고정관념을 '맨박스'라 지칭하고, 이 틀을 과감하게 깨부수고 나와야 한다고 말했다.

읽으면서 공감되는 부분이 많았다. 사람들이 흔히 남자답다고 규정하는 특징은 아마 이런 종류인 것 같다. 육체적으로 단단하고 힘이 세며 감정 표현에 서툴다, 어떤 경우라도 강해야 하며 눈물을 보여서는 절대 안 된다…… 이런 말들을 들으면 그럴듯하게 여겨지다가도 강한 의문이 생긴다. 모든 남자가 이런 특징을 가지는 걸까? 또 모든 남자가 반드시 이렇게 돼야만 하는 이유가 있을까?

나 역시 종종 남자답다거나, 멋진 남성성을 가지고 있다는 말을 들을 때가 있다. 좋은 의미로 해주시는 말씀들이니 쑥스러우면서도, 가끔은 물음표를 띄우게 된다. 나는 정말 남자다운가?

이를테면 털털하게 생긴 모습에 저음의 목소리를 가진 나라는 남자 뒤에는 좋아하는 사람들과 끝없이 수다를 떨 때 기쁨을 느끼고 함께 일하는 사람들을 세심히 챙기길 좋아하는 또다른 내가 있다. 이런 특징은 남자다운 걸까, 여자다운 걸까? 집밥을 해 먹길 즐기는 나는, 식당에 가면 맛있는 반찬을 눈여겨보았다가 집으로 돌아와 따라하곤 한다. 명이나물이라든지 오이피클이라든지 자잘한 것들까지 직접 요리하길 좋아하고, 식재료를 청결하게 관리한다. 이런 이야기를 하면 나를 잘 모르는 분들은 의외라고 놀라면서 이렇게 덧붙인다. 몰랐는데 '여성스러운' 취미를 가지고 있다고.

언뜻 남자답다거나 여자다운 것처럼 보이는 행동이나 특성들은 사실 따지고 보면 누구나 조금씩 동시에 지니고 있다. 완벽하게 남자답거나 여자다운 사람이 세상에 어디 있겠는가. 나 역시 사실 남자다운 게 아닐지도 모른다. 그래서 나는 '남자답다'라는 알쏭달쏭한 말보다는 '사람답다' '인간적이다'라는 말을 들을 때 조금 더 기쁘다.

사실 터프하고 세상 무서울 게 없어 보이는 외모를 지닌 내게도 너무나 두려운 것들이 있다. 다른 데서는 고백하지 못했는데, 나의 이런 연약한 면들도 한 번쯤은 '인간적이다'라는 말로 위로받고 싶다.

이를테면 높은 데 올라가는 일. 그때의 극심한 공포감과 약해지는 마음을 고백하고 싶다. 나에겐 고소공포증이 있다. 놀이기구도 못 탄다. 스무 살에 친구들을 따라 롯데월드에 갔다가 겁에 질려 돌아온 게 마지막인 것 같다. 놀이공원 같은 곳에는 다시는 안 간다. '자이로드롭' 같은 하드코어한 놀이기구는 물론이고, 대관람차마저 너무 무서워서 절대 타고 싶지 않다.

내가 이 얘기를 하면 사람들이 잘 안 믿으려 한다. 〈베를린〉이 와이어까지 타는 화려한 액션영화였으니까. 사실 그때 나는 와이어액션이 정말 힘들었다. 아니 힘들다는 말보다는 공포스러웠다는 표현이 맞겠다. 높은 데서 아래를 내려다볼 때의 아찔함, 무릎에 힘이 빠지고 현기증이 난다. 토하면 어떡하지? 상상만으로 오금이 저려서 눈이 절로 감긴다.

그렇다면 만약 다시 와이어액션을 해야 하는 시나리오가 들어온다면? 내가 맡은 역할에 높은 데서 뛰어내려야 하거나 놀이기구를 타는 장면이 있다면? 일단 읽는 것만으로 호흡이 가빠지고 당황스럽다. 그 장면을 빼면 어떻겠냐고 감독님께 아주 조심스럽게 물어보고 싶다. 시나리오가 정말 훌륭하고 놓치고 싶지 않은 작품이라고…… 하지만 그 장면이 반드시 들어가야 한다고 말한다면?

아, 생각만으로도 고통스럽다. 배우 하정우의 의지는 인간 하정우의 공포를 이겨낼 수 있을 것인가? 하지만 감독님, 꼭 이겨야만 하는 걸까요? 이렇게 인간의 영역을 넘어선 일을 해내야 할 때 쓰기 위해 CG라는 멋진 신문물이 있지 않나요?

아마 나는 내가 완전히 통제할 수 없는 위치나 상황에 대한 공포가 있는 것 같다. 이제는 하와이에 자주 가면서 어느 정도 익숙해졌지만, 한때는 비행기를 탔을 때 난기류를 만나 기체가 흔들리면 너무나 두려웠다. 내가 잠든 사이 비행기가 난기류에 휩싸여 추락할까봐 떨려서 한숨도 못 잘 때도 있었다. 지금도 나는 기체가 흔들리면 승무원의 얼굴부터 확인한다. 전문가가 보기에 괜찮은 건가? 확실히 안전한 건가? 어쩌면 비행기 탑승중에 남들보다 훨씬 더 민감해지는 나의 성향이 내 첫 연출작 〈롤러코스터〉의 발단이 되었는지도 모르겠다.

한 가지 더 고백하자면 실은 주사도 무섭다. 바늘이 피부를 찌르는 장면을 보기가 힘들다. 왜일까? 극심한 고통도 아니고 그저 따끔할 뿐인데. 이유는 잘 모르겠다. 높은 곳과 주삿바늘, 이 둘 말고도 나를 약하게 만드는 것들은 더 많지만 우선은 이렇게 말해둔다.

나 역시 두려운 게 너무 많은 한 명의 인간일 뿐이니, 부디 이해해주면 좋겠다고……

지금은 훨씬 나아져서 비행기 앞에서
호쾌하게 승리의 브이자를 그리고 있지만,
한때는 비행중 난기류를 무척 두려워했다.
비행기 탑승중에 남들보다 훨씬 더 민감해지는 나의 성향은
내 첫 연출작 〈롤러코스터〉의 발단이 되었다

내가 동행을 선택하는 법

신과 함께

시나리오를 어떻게 고르느냐는 질문을 종종 받는다. 그런데 나는 시나리오를 고른다기보다는 먼저 그 영화 관계자들의 삶이 시나리오와 연결되어 있는지 읽어내려고 노력한다.

〈신과 함께〉는 주호민 작가의 원작 웹툰이 워낙 폭발적인 사랑을 받았기 때문에 출연 결정이 쉬웠겠다고 생각하는 이들이 많지만, 리스크가 없진 않았다. 한국 영화에서 판타지물이 성공을 거둔 사례가 극히 드물기 때문이다. 게다가 내가 처음에 본 시나리오는 각색이 그다지 완벽해 보이진 않았다. 하지만 드라마 라인이 분명하고 거기서 받은 인상이 좀처럼 잊히질 않았다.

이런 경우 나는 그 드라마 라인이 어디서 비롯된 것인지 고민해본다. 감독이 일부러 그 드라마 라인을 신파조로 무리하게 강조한 것인가, 아니면 감독이 반드시 꼭 해야 할 이야기가 그 드라마 안에 숨어 있는 것인가? 예를 들어 〈신과 함께—죄와 벌〉은 알고 보니 김용화 감독이 실제로 어머니와의 관계에서 못다 한 이야기를 극에 담은 것이었다. 그는 한 인터뷰에서 〈신과 함께〉 1편을 '돌아가신 어머니를 향한 진혼곡'이라 표현했다. 언뜻 일과는 직접적인 관련이 없는 부수적인 요인처럼 보이지만, 내겐 그것이 이 영화를 선택하는 무엇보다 확실하고 결정적인 요소가 되었다. 나는 이 영화가 잘될 수 있다는 확실한 느낌을 받았다. 때로 이 확실한 예감은 영화에 관계된 누군가의 '절실함'에서 나온다. 나는 그의 절실함에 공감했고, 그의 동행이 되어주고 싶었다.

영화 〈신과 함께〉 예산은 1, 2편 합쳐서 총 400억 원가량이었다. 손익분기점을 넘기가 만만치 않은 작품이었다. 무조건 천만이 들어야 성공하는 영화인 셈이다. 이런 블록버스터 영화는 관객이 총 800만이 들어도 욕을 왕창 먹을 수도 있다. 그러나 이런 난점에도 불구하고 내게 중요했던 건 김용화 감독이 다시 자신에게 가장 절실한 이야기로 돌아왔다는 점이었다.

김용화 감독은 한국 영화계의 흥행사로 불릴 정도로 줄

곧 대중들의 사랑을 받은 영화들을 만들어왔다. 〈오! 브라더스〉〈미녀는 괴로워〉〈국가대표〉에 이르기까지 승승장구했다. 그러나 전작 〈미스터 고〉에서 그는 처음으로 쓴맛을 봤다.

사실 〈미스터 고〉는 김감독이 자기로부터 끌어낸 얘기가 아니었다. 〈오! 브라더스〉〈미녀는 괴로워〉〈국가대표〉 등은 모두 김용화 감독 본인의 이야기라고 해도 과언이 아니었다. 〈오! 브라더스〉는 형제의 이야기를 담았고, 〈미녀는 괴로워〉는 가난하고 열악하고 불우한 환경에서 환골탈태해 멋진 삶을 살고 싶었던 열망을 극적으로 드라마화한 작품이었다. 〈국가대표〉는 사실 가족에 관한 영화였다. 김용화 감독은 자신의 개인사와 스토리를 영화 속 캐릭터에 이식하는 데 탁월한 능력이 있는 감독이었다.

그러던 김용화 감독이 〈미스터 고〉 흥행에 실패했다. 그러나 완전한 실패는 아니었다. 그는 〈미스터 고〉를 만들면서 '덱스터 스튜디오'라는 영화 특수효과 전문회사를 설립했다. 〈미스터 고〉는 관객들에게 선택받지 못했지만, 그는 한국 영화계의 컴퓨터그래픽 기술력을 훌쩍 끌어올렸다. 나는 그가 〈미스터 고〉를 만들면서 배운 표현기법들을 〈신과 함께〉를 작업하면서 터뜨릴 것이라고 생각했다. 덱스터는 외주 회사가 아니라 김용화 감독이 직접 설립해 직원들과 함께 꾸려가고 있는 회사였다. 〈미스터 고〉에서 못다 이룬 꿈을 김용화 감독과 직원들이 심기일전해서 재건하기 위해 얼마나 젖 먹던 힘을 다해 노력하겠는가.

한 번의 실패가 있었지만 김용화 감독은 그저 실패한 감독으로 남지 않았다. 자신의 작업을 돌아보고, 자신이 가장 잘할 수 있는 곳으로 돌아가겠다고 마음먹었다. 그리고 〈신과 함께〉를 통해 그는 실제로 그 다짐을 이루어냈다.

내게는 '어떻게 시나리오를 고르는가?'라는 질문보다 '어떤 사람들과 일하길 좋아하느냐'라는 질문이 더 맞는 것 같다. 배우가 받아보는 단계에서 사실 완벽하게 짜인 시나리오는 거의 없다. 시나리오는 언제나 배우와 스태프가 모두 구성된 후 함께 이야기하고 토론하며 개선해나가는 것이다. 한 절반 정도는 바꿀 생각을 하고 들어가는 거다. 나는 현재 시나리오의 반을 더 낫게 바꾸어나갈 열린 생각과 에너지를 가진 사람, 나와 절실함을 나눌 수 있는 사람들과 일하길 좋아한다.

영화뿐만 아니라 내가 어떤 선택의 기로에서 결정을 내리는 근간은 대개 '사람'이다. 단순히 성공한 사람이나 깜짝 놀랄 만한 조건을 제시하는 사람과 일하는 것이 아니라, 이 영화를 어떤 마음으로 찍을지, 그에게 이 작품이 어떤 의미인지를 살핀다.

어떤 사람에게 영화는 아내, 자녀, 부모와도 같은 가족이고, 삶의 절대적인 의미다. 그런 사람은 누구도 못 당한다. 반드시 뭔가를 이루어낸다. 그리고 이것은 비단 나만의 기준은 아닌 것 같다. 관객들은 이 모든 배경과 후일담을 알지 못하는 상태에서도 그 영화에 참여한 사람들의 노력과 에너지 총량을 기가 막히게 분별하고 감지해냄으로써, 결국 자신들에게 가장 재미있는 영화를 찾아간다는 생각이 들었다.

모든 답은 결국 사람에게 있는 것이다.

두 다리로 그린 이탈리아 미술지도

관광 아닌 유학 같은 여행

2018년 3월 이탈리아의 피렌체 한국영화제에 초청을 받았다. 이전에 이탈리아에는 한 번도 가본 적이 없었던 터라 이 기회에 제대로 여행해보기로 했다. 그래서 영화제 일정을 포함해 로마 4박 5일, 나폴리 1박 2일, 시칠리아 3박 4일, 피렌체 7박 8일, 이렇게 도시별로 일정을 정하고, 여기에 바르셀로나 4박 5일, 런던 3박 4일을 덧붙여 마치 미술 유학이라도 가는 마음으로 여행을 준비했다.

로마에 도착했을 때는 밤이었다. 숙소에 짐을 풀어놓고 일단 밖으로 나가보았다. 주변에 걷기 좋은 곳이 어디 있는지 둘러보려는 것이다. 우리 걷기 멤버들은 이를 '맵핵'을 켰다고 표현한다.

'맵핵'이란 본래 스타크래프트에서 전체 지도를 띄우고 게임을 운영해서 나에게 유리한 길을 잡아나가는 것을 말한다. 새로운 도시에 갔을 때 내 두 다리로 지도를 만들어나가는 이 작업은 내게 꽤 중요하다. 〈베를린〉을 촬영할 때도 나는 일부러 숙소를 호텔이 아닌 브란덴부르크 광장 옆의 일반 주택으로 정해달라고 부탁했다. 브란덴부르크 광장이 걷기 좋은 곳인데다 그 인근에 산책하기 딱 좋은 공원도 있었기 때문이다.

로마에서도 나는 공원과 대로변, 골목길 등 숙소 근처를 걸어서 탐색했다. 이렇게 한 도시를 걸어서 유심히 살펴보면 이틀째는 그 도시에 중요 거점들이 어디에 위치해 있는지 훤히 파악할 수 있고, 사흘째부터는 지도가 없어도 얼추 돌아다닐 수 있게 된다.

다음날 새벽 5시부터 본격적인 여행을 시작했다. 가장 먼저 숙소 옆의 나보나 광장을 찾았다. 나보나 광장은 로마 최초의 경기장이 있었던 자리에 만들어진 광장으로, 아름다운 분수와 성당 등이 자리한 관광명소다. 걸어보니 한 바퀴에 약 1천 보 정도가 나왔다.

이렇게 유명한 관광지들은 낮부터 밤까지는 전 세계에서 몰려온 관광객들로 발 디딜 틈 없을 만큼 붐빈다. 사람 구

숙소에 짐을 풀어놓고 일단 밖으로 나가보았다.
주변에 걷기 좋은 곳이 어디 있는지 둘러보는 것이다.
우리 걷기 멤버들은 이를 '맵핵'을 켠다고 표현한다.
새로운 도시에 갔을 때 내 두 다리로 지도를 만들어나가는
이 작업은 내게 꽤 중요하다.

경을 하는 건지 관광지를 보는 건지 알 수 없을 만큼 인파에 치인다. 하지만 새벽 시간에 관광지에 와서 걸으면 거리에 사람이 거의 없다. 나는 로마에 머무는 내내 주로 새벽 시간을 이용해서 관광지들을 산책했다. 4박 5일 동안 한 스폿을 네다섯 번 이상 볼 수 있었던 것도 특별했다. 보통 로마에 패키지여행을 가면 "여기가 트레비 분수 앞입니다. 내리세요!" 하면 이십 분 정도 후다닥 둘러보고 젤라또 하나 사먹고 다음 코스로 이동하게 되지 않던가. 하지만 나는 고대 유적지와 관광명소를 산책로 중간중간에 끼고서 슬슬 걸어다니며 천천히 자세하게 뜯어볼 수 있었다. 내가 정한 로마 아침 걷기 코스는 판테온 신전에서 시작해 스페인 광장을 돌아 트레비 분수와 이탈리아 통일 50주년을 기념해 건립된 비토리오 에마누엘레 2세 기념관까지 둘러본 뒤, 다시 나보나 광장으로 돌아오는 일정이었다.

미켈란젤로는 그리스 유학을 마치고 돌아온 뒤 판테온 신전의 거대한 돔을 보고 충격에 빠졌다고 한다. 그 당시 그렇게 거대한 사이즈의 돔을 만든다는 건 거의 불가능에 가까운 일로 여겨졌다. 판테온을 건축한 이들은 불가능했던 꿈을 현실로 바꿔놓았다. '어떻게 이럴 수가 있을까?' 미켈란젤로는 감탄하고 연구하며 몇 날 며칠 동안 판테온 신전

로마에서도 나는 공원과 대로변, 골목길 등
숙소 근처를 걸어서 탐색했다.

내가 정한 로마의 아침 걷기 코스는
판테온 신전에서 시작해 스페인 광장을 돌아
트레비 분수와 비토리오 에마누엘레 2세 기념관까지 둘러본 뒤,
다시 나보나 광장으로 돌아오는 일정이었다.

이탈리아의 아침식사.
이렇게 아침을 먹고 걷는다.

나보나 광장은
로마 최초의 경기장이 있었던 자리에
만들어진 관광명소다.

로마 스페인 광장에서

트레비
분수

나보나
광장의
저녁

이렇게 한 도시를 걸어서 유심히 살펴보면

이틀째는 그 도시에 중요 거점들이 어디에 위치해 있는지 훤히 파악할 수 있고,

사흘째부터는 지도가 없어도 얼추 돌아다닐 수 있게 된다.

로마 콜로세움에서.

앞에 앉아 있었다. 그후 미켈란젤로는 성 베드로 대성당을 건축해달라는 의뢰를 받았다. 판테온 돔의 압도적인 크기와 예술성에 감화받은 미켈란젤로는 성 베드로 대성당에도 개성적이고 아름다운 돔을 만들어냈다. 그러나 판테온에 대한 경외심으로 성 베드로 대성당 돔 사이즈는 판테온보다 약간 더 작게 만들었다고 한다.

이번 이탈리아 여행은 내게 단순한 관광이 아니라 일종의 유학처럼 느껴졌다. 나는 이탈리아에서 내내 배우면서 걸어다녔다. 예술과 건축, 그것을 위해 생을 바친 위대한 예술가들의 놀랍고 감동적인 이야기가 나를 따라다녔다.

바티칸 박물관에 가기 전날엔 가이드에게 미술사 강의를 들었다. 르네상스 시대와 이어지는 바로크, 로코코 등의 미술 사조들, 레오나르도 다빈치, 라파엘로, 미켈란젤로와 같은 3대 천재의 생애와 작품에 대한 상세한 설명을 들으면서 곧 보게 될 예술작품에 대한 배경지식을 쌓았다. '아, 저 화가 이름은 들어봤는데!' '어? 저 그림 어디서 본 것 같은데?' 생각하며 그림을 휙휙 지나치는 것이 아니라, 제대로 공부하고 설레는 마음으로 명작들을 대면하고 싶었다. 바티칸 박물관에 들어가기 직전에는 곧 보게 될 미켈란젤로의 〈천지창조〉와 〈최후의 심판〉에 대한 설명을 들었다. 바티칸 박물관 안에

이번 이탈리아 여행은 내게 단순한 관광이 아니라 일종의 유학처럼 느껴졌다.

나는 이탈리아에서 내내 배우면서 걸어다녔다.

예술과 건축, 그것을 위해 생을 바친 위대한 예술가들의 놀랍고 감동적인 이야기가 나를 따라다녔다.

는 교황을 선출하는 회의인 '콘클라베'가 열리는 작은 성당이 위치해 있다. 바로 이 시스티나 성당의 천장에 〈천지창조〉가, 서쪽 벽에 〈최후의 심판〉이 있다.

이 걸작들을 두 눈으로 직접 보니 압도적인 감동이 밀려왔다. 도대체 어떻게 이렇게 그릴 수 있었을까? 〈최후의 심판〉은 무려 6년이 넘는 시간에 걸쳐 프레스코 기법으로 그린 그림이다. 프레스코 기법은 회반죽을 칠하고 그것이 채 마르기도 전에 다시 안료를 흡수시켜 그리는 방식으로, 그림의 보존성을 획기적으로 높일 수 있다. 다만 그 과정이 번거로울뿐더러 습도가 높은 날에는 작업 진행중에 곰팡이가 슬기 때문에 날씨에 따라 진행할 수 없는 날도 있었을 것이다. 나는 미켈란젤로가 그 긴 시간 동안 작업을 중단하지 않고 끝까지 완성한 것 자체가 충격적이었다. 왜 사람들이 가장 찬란한 시절을 '르네상스'라 부르는지 조금이나마 알 것 같았다.

그러자 나 자신이 너무나 창피해졌다. 물론 위대한 예술가의 대작들을 보면서 스스로를 반성한다는 것 자체가 나의 또다른 오만일 수도 있다. 하지만 그 그림 앞에서 나는 자꾸만 작아지는 느낌이 들었고, 내가 만들고 세상에 뿌려놓은 작품들에 대해 되돌아보게 되었다. 왜 흔히 그런 표현들을 쓰지 않나. '혼신의 힘을 다했다'라든가 '전심전력을 다했다'고. 그 상투어가 이 그림들 앞에서 절실하게 와닿았다.

바티칸 박물관 〈천지창조〉 안내도.
이 걸작을 두 눈으로 직접 보니
압도적인 감동이 밀려왔다.
왜 사람들이 가장 찬란한 시절을
'르네상스'라 부르는지
조금이나마 알 것 같았다.

바티칸 박물관 〈최후의 심판〉 안내도.
최후의 심판은 무려 6년이 넘는 시간에 걸쳐
프레스코 기법으로 그린 그림이다.

식당에서 저녁을 먹으면서 우리는 오늘 보았던 예술작품들에 대해 각자 이야기하고 정리하는 시간을 가졌다. 우리들 각자가 목격한 르네상스가 저마다의 눈과 입에서 다시 살아났다.

나폴리에서는 오랜 역사를 품은 계란성 앞에 숙소를 잡고 해안가를 걸었다. 보통 여행을 가면 주요 관광지를 바쁘게 돌아다니며 열심히 기념사진을 남기기 때문에 정작 기억 속에 인상 깊게 인화되는 장면은 없기 마련이다. 나폴리는 스치듯 잠시 머물렀지만 먼 거리를 이동할 때 빼놓고는 다 걸어다녀서 오히려 더 생생하게 기억에 남아 있다. 물론 사진도 찍기는 했는데 대부분 이른 새벽 시간에 다녀서 캄캄한 사진만 남았다.

시칠리아에서는 팔레르모와 사보카 중 어느 곳을 들를지가 최대 고민이었다. 팔레르모에는 마시모 극장이 있다. 〈대부 3〉의 유명한 엔딩신, 마이클(알 파치노 분)이 가족들과 함께 오페라 극장에서 나오다 사랑하는 딸이 총에 맞아 죽자 오열하는 장면을 촬영한 곳이다. 사보카에는 산타루치아 성당이 있다. 〈대부 1〉에서 젊은 시절의 마이클이 첫 아내 아폴로니아를 만나 결혼식을 올리는 장면의 촬영지이다. 어디를 가야 할까. 두 곳 모두 너무나 가보고 싶었다. 하지만 나는 〈대부 1〉을 좀더 재밌게 보았으니까 팔레르모

나폴리에서 낮술 한잔.

이탈리아에서
메모지에 그린 스케치.

나폴리는 스치듯 잠시 머물렀지만
먼 거리를 이동할 때 빼놓고는
다 걸어다녀서 오히려 더
생생하게 기억에 남아 있다.

는 다음을 기약하고, 이번에는 사보카에 가기로 결정했다. 사보카가 숙소가 있던 카타니아에서 좀더 가깝기도 했다. 고즈넉한 언덕 마을인 사보카에 들어서니 바 비텔리가 먼저 보였다. 마이클은 첫눈에 반한 아폴로니아의 아버지가 운영하는 바 비텔리에서 청혼을 한다. 나는 이곳에서 알 파치노가 머물렀던 테이블 앞에 앉아서 사진을 남겼다.

카타니아의 한 식당에서는 현지인과 재밌는 대화도 나누었다. 식당에 앉아 밥을 먹고 있는데 한 아주머니가 나에게 오더니 혹시 시칠리아 사람이냐고 물었다. 내 눈이 꼭 자기네 고향 사람처럼 생겼다는 것이다. 그 말을 듣고 주변을 돌아보니 다들 검은 머리에 갈색 피부, 짙은 이목구비를 하고 있었다. 내 외모가 실제로 이들과 닮아 있기도 하겠지만, 한편으론 그만큼 내가 현지인처럼 이곳에 녹아들었다는 칭찬처럼 들려서 기분좋았다.

세계 어느 지역을 가든 나는 이방인이 아니라 철저히 그 지역 사람처럼 살아보려고 노력하는 편이다. 적어도 시칠리아에서는 이 작전이 성공한 것 같아 흡족했다.

피렌체는 아담한 도시지만, 내가 봐야 할 것들이 모두 있었다. 우피치 미술관은 이탈리아어로 '집무실'이란 뜻으로 원래 메디치 가문에서 공무집행실로 사용했던 곳이다. 메디치 가문은 예술에 각별한 관심을 두고서 예술가들을 적극적으로 후원하고 작품을 수집했다. 우피치 미술관에는 메디치 가문에서 모은 수많은 걸작들이 전시되어 있었다. 피렌체에서도 우피치 미술관을 방문하기 전에 미술사 강의를 들었다. 나는 특히 메디치 가문에 큰 관심이 생겨서 한국에 와서는 메디치 관련 책들과 다큐멘터리들을 샅샅이 찾아보았다.

미켈란젤로 언덕에서 피렌체 전경을 바라보던 시간도 마음속 깊이 새겨졌다. 눈앞에 시원하게 펼쳐진 피렌체를 바라보며 나는 다시 한번 르네상스 시대 예술가들의 삶을 떠올려보았다. 그들은 예술가로서 자신이 신의 대리인이라고 생각했기에 인고의 시간을 견뎌가며 작품을 완성해낼 수 있었던 것일까? 그랬기 때문에 이렇게 오랜 시간이 흐른 지금까지도 후대에 영향을 미치고 있는 것일까? 그들을 생각할수록 자꾸 나라는 사람이 작아지면서, 나라면 과연 그 시간을 감내할 수 있었을까 돌아보게 되었다.

다빈치는 말년을 프랑스의 시골마을에서 보냈다. 그리고 죽기 전 마지막 3년이 자신의 일생 중 가장 평온했다고 말하면서 생을 마쳤다. 레오나르도 다빈치 최후의 걸작 〈모나리자〉가 이탈리아가 아닌 프랑스의 루브르 박물관에 있

〈대부 1〉의 촬영장소인 이탈리아 사보카의 바 비텔리.

영화 장면들이 작은 액자들에 걸려 있었다.

나는 이곳에서
알 파치노가 머물렀던
테이블 앞에 앉아서
사진을 남겼다.

이른 새벽, 피렌체 미켈란젤로 언덕에서

는 것도 그 작품이 다빈치가 마지막의 마지막까지 붙들고 있었던 미완의 작품이기 때문이다. 얼마나 힘겹고 고단했으면, 노쇠하고 아팠을 마지막 3년이 생에서 가장 좋은 시기였다고 말했을까. 속설에 의하면 다빈치는 동성애자였다고 하는데, 만약 그것이 사실이라면 그 큰 비밀을 품고 사느라 얼마나 고독했을까. 나라면, 그렇게 살 수 있을까. 이상하게도 이런 고민에 매달리자 갑자기 그림이 너무 그리고 싶어졌다. 한국으로 돌아가면 이제까지와는 다른 마음으로 캔버스 앞에 설 수 있을 것 같았다.

그후 스페인 바르셀로나로 넘어간 건 순전히 피카소 미술관 때문이었다. 피카소 미술관에는 주로 피카소의 초기 작들과 말년의 작품들이 전시되어 있어서 우리가 흔히 알고 있는 대중적인 작품은 볼 수 없었다. 이탈리아에서 만난 미술작품들과 예술가들이 신의 영역에 가까웠다면, 바르셀로나의 피카소는 좀더 인간적인, 그래서 나에게 가깝고 편안한 느낌을 주었다. 마치 품이 넓고 현명한 노인을 만나는 느낌이랄까.

이 여행의 마지막 여정이었던 런던에서는 피카소가 표현한 큐비즘의 완성작들을 볼 수 있었다. 미리 알고 일정을 맞춘 것은 아니었는데, 때마침 테이트모던 미술관에서 피카소 특별전을 하고 있었던 것이다. 바르셀로나와 런던은 나에게 피카소의 작품을 집중적으로 보고 그의 삶에 대해 생각하게 한 여행으로 남았다.

좋은 예술과 좋은 삶, 그 두 마리 토끼를 모두 잡을 수 있을까? 나는 이 문제에 대한 답을 항상 고민해왔다. 그런데 여행중에 피카소의 작품을 보자 막연하지만 어쩌면 그것이 가능할지도 모르겠다는 생각을 하게 되었다.

이탈리아를 여행하는 동안 나는 정말 많이 걸었다. 그런데 이상하게도 이탈리아에서 나는 밤마다 전에 없던 증상으로 인해 고생을 좀 했다. 밤마다 발바닥에서 열이 훅훅 올라오는 것이었다. 많이 걷긴 했지만 몸에 무리가 올 정도로 걸은 건 아닌데 대체 왜 이런가 했더니, 그건 '이탈리아의 길' 때문이었다. 이탈리아에는 옛 돌길을 그대로 살려둔 비포장도로가 많아서, 내 발이 울퉁불퉁한 바닥면을 감당하느라 너무도 피로했던 것이다. 이탈리아에 머무는 동안 나는 발바닥의 열기를 식히기 위해 밤마다 찬물에 발을 담그고 있어야 했다. 하지만 발에 '열나게' 돌아다닌 이탈리아에서의 시간은 지금도 생생하게 가슴에 남아 있다.

한 달이 채 안 되는 짧은 시간이었지만 이탈리아 미술여행을 마치고 한국으로 돌아왔을 때, 나는 1센티미터 정도 더 성장한 것 같은 기분이 들었다. 매 순간 최선을 다해 나의 일에 임하고 싶었다. 내 일을 더 오래 하고 싶어졌다. 물론 이 다짐은 그림뿐만 아니라 연기와 연출, 영화 제작까지 관통하는 이야기다.

오래된 돌길을 밟고 돌아다닌 덕분에
이탈리아에 머무는 동안
나는 발바닥의 열기를 식히기 위해
밤마다 찬물에
발을 담그고 있어야 했다.

하지만
발에 '열나게' 돌아다닌
이탈리아에서의 시간은
지금도 생생하게
가슴에 남아 있다.

이탈리아 미술 여행을 마치고 한국으로 돌아왔을 때,

나는 1센티미터 정도 더 성장한 것 같은 기분이 들었다.

매 순간 최선을 다해 나의 일에 임하고 싶었다.

내 일을 더 오래 하고 싶어졌다.

물론 이 다짐은 그림뿐만 아니라 연기와 연출, 영화 제작까지 관통하는 이야기다.

슬럼프 선생님

배우의 길을 걷는
사람들에게

좋아하는 일을 찾을 수 있는 분위기 속에서 성장한다는 건, 한 사람의 인생에서 매우 중요한 일이다. 대개 아이들은 10대 시절 내내 획일적인 교육을 받으면서 성적에 대한 압박감 속에 공부하다가 대학교 입학을 앞두고서야 어른들로부터 뭘 하고 싶으냐는 질문을 받는다. 아무리 생각해도 질문의 타이밍이 너무 늦다. 20년 가까이 수동적인 교육만 받고 살다가 어느 날 갑자기 자신의 진짜 꿈을 찾으라고 하면 당연히 잘 모를 수밖에 없지 않나.

이때 주변의 간편한 제안들—책 읽는 걸 좋아하니까 글을 써보라거나 훤칠하게 잘생겼으니 배우를 해보라거나 하는 이야기에 당연히 솔깃할 수밖에 없다. 자신에 대해 잘 모르니까 주위 사람들의 말에 귀기울이게 되고 그 말에 따라 꿈을 정하는 것이다. 그렇게 시작한 일이 자신에게 잘 맞고 발전 가능성이 높다면 다행이지만, 대부분 남의 말에 따라 진로를 정하면 방황의 시간을 겪는다.

친구들은 이미 하고 싶은 일을 찾아서 저만치 앞서가고 있는데, 자신은 더디고 힘겨운 길로 들어서는 바람에 이토록 뒤처졌으니 이제 뭘 어떻게 해야 하나 초조하고 불안하다. 아직 앞길이 구만리 같은 젊은 사람들이 쓰러지고 좌절하는 건 대개 아무런 대비 없이 이런 상황에 내동댕이쳐졌을 때다.

주변에 누가 봐도 호감형에 눈길을 끄는 외모를 가진 어린 사람이 있으면, 사람들은 이렇게 칭찬한다.

"와, 배우 해도 되겠는데!"

잘생겼으니까 배우를 하면 되겠다는 인과관계는 그럴듯해 보이지만, 사실 약간 이상하다. 만약 가수라면 노래를 잘하는 것이 출발점이 될 수 있다. 하지만 배우는 좀 다르다. 만약 너무나 잘생겨서 누군가의 권유에 따라 배우의 길을 걷게 되었다고 생각해보자. 운이 좋다면 한두 작품으로 뜰 수도 있다. (하지만 거의 불가능하다. 그렇게 뜬 것처럼 보이는 사람들도 한두 작품으로 뜰 수 있는 노력을 한 것이다.) 그러나 만약 연기 공부가 전혀 되어 있지 않다면, 감독과 관객으로부터 반드시 냉정한 평가를 받게 될 것이다.

많은 배우 지망생들이 곧장 브라운관이나 스크린을 통해 화려하게 데뷔하고 싶어하지만, 나는 연극무대를 꼭 경험해보라고 조언해준다. 연극에서 관객들은 배우의 전신을 바라보고, 배우가 연기하는 무대의 전경全景과 마주한다. 배우와 무대를 전체적으로 조감하는 관객들 앞에 서면, 손끝 하나 허투루 놀릴 수 없다.

보통 사람들은 독사진을 찍을 때 카메라 앞에서 표정이 굳고 어색해지는 경우가 많다. 연습을 통해 표정은 꽤 자연스럽게 짓게 되더라도 어쩐지 서 있는 자세가 이상해 보일 때도 있다. 어깨나 등이 지나치게 경직되어 있다거나, 손의 위치와 발 딛고 선 자세 같은 것들이 애매하기 때문이다. 몸 전체를 사용한다는 것은 생각처럼 쉬운 일이 아니다. 연극무대에서는 가만히 서 있는 자세, 걸어가는 모습 등이 객석에서 아주 자연스럽게 보이도록 계속 연습해야 한다. 그렇게 아주 사소하고 당연한 것으로부터 연기를 배워가는 것이다.

연극무대를 경험하면 배우로서의 마인드컨트롤에도 도움이 된다. 연극은 NG를 허용하지 않는 라이브공연이다.

나의 NG는 곧 그날 무대의 실패를 의미한다. 이 적나라한 무대 위에서는 꼼수를 쓸 수가 없다. 하루하루 무대가 끝날 때마다 동료들의 평가와 관객들의 반응에 직면한다. 무대에 설 때마다 나에게 지금 무엇이 부족한지 알게 되고, 매일 자신에게 조금씩 실망하고 내가 채워야 할 거대한 빈틈을 응시하게 된다. 잘못하면 나의 재능을 탓하며 슬럼프에 빠지기 딱 좋다. 그러나 연극무대는 내가 무너지면 곧장 대체할 배우를 구할 수가 없다. 슬럼프든 우울이든 어쨌든 개인적인 속사정을 이겨내고 무대에 올라야만 한다. 이런 과정을 반복하다보면 배우 활동을 지속할 때 당연히 도움이 된다. 슬럼프 속에서 허우적거리는 시간을 줄이고 다음 스텝으로 빠르게 나아가게 되는 것이다.

그런데 이런 준비가 전혀 되지 않은 상태로 배우의 길에 들어서면 어떻게 될까. 자신의 발아래 지반이 너무나 약한 상태이므로 사람들의 말 한마디에도 상처받고 휘청거린다. 큰 인기를 얻고 난 뒤에 오히려 더 큰 슬럼프를 겪기 쉽다. 그다음엔 어디로 발을 뻗어야 하는지, 어떤 배우가 되어야 하는지 명확한 그림이 없기 때문이다. 자신의 의지가 아니라 주변의 권유로 활동의 방향성을 정하니 자신에게 맞지 않는 작품이나 행사에 나가고 후회하길 반복한다. 삶의 주도권이 자신에게 없다면 언제든 위태로워질 수밖에 없다.

언젠가 한 술자리에서 만난 어린 친구가 떠오른다. 술이 조금 들어가자 그는 무엇을 어찌해야 할지 모르는 듯한 공허한 표정을 지어 보였다. 내가 그의 고민과 아픔을 다 알 수는 없지만, 연예인으로 데뷔한 이후 갑작스럽게 변해버린 삶에 힘든 시간을 보내고 있는 듯했다.

배우의 삶은 정말이지 녹록지 않다. 물리적 시간이 절대적으로 부족해지면서 자신을 지탱해주고 있던 일상이 사라지는 경험은 의지로 간단히 극복되는 것이 아니다. 이전에는 아무렇지 않게 걷던 길, 나를 편안하게 대하고 내가 거리낌없이 대하던 모든 사람들, 내 집처럼 드나들던 가게, 아지트 그 모든 것들이 싹 바뀐다. 모든 것이 불편해지고 어색해지고 어디로 가야 할지 모르는 상태가 된다. 그 속에서 연약한 개인이 무엇을 할 수 있겠는가. 그동안 살아온 삶의 판이 한순간에 뒤집히는 경험은 혼자 극복할 수 있는 일이 결코 아니다. 흔히 개인의 의지나 노력으로 어떤 일이든 이겨낼 수 있다고 생각하지만 그렇지 않은 일도 많다.

흔히 초심을 잃지 않겠다고 말하는데, 이는 절대 쉬운 일이 아니다. 시간은 계속 흐르고 나를 둘러싼 상황은 끊임없이 달라지는데, 어떻게 처음의 마음을 그대로 기억하고 간직할 수 있을까? 이건 의지만으로 되는 일은 아닌 것 같다.

배우의 삶에 슬럼프는 꽤 자주 찾아온다. 슬럼프에 익숙해져야 한다. 여러 시행착오를 겪으면서 넘어지고 좌절하는 날들에 무너지지 말아야 한다. 한 살이라도 어릴 때 이러한 슬럼프를 많이 겪어보는 것은, 실패가 아니라 경험일지도 모른다. 나이를 먹을수록 이러한 슬럼프들은 나를 더 휘청거리게 하고, 다시 일어서는 데 더 오랜 시간을 소모하게 한다. 내가 아직 견디고 배울 힘이 남아 있을 때 찾아온 슬럼프는 실패가 아니라 나를 숙련시켜주는 선생님이다.

곧바로 현장에 나가 일을 시작하고 남들보다 빨리 거창한 성과를 내는 건 중요하지 않다. 충분히 담금질할 시간이 필요하다. 그 담금질의 시간은 내게 슬럼프란 녀석이 방문했을 때, 비로소 황금의 시간으로 변할 것이다.

각자가 겪을 슬럼프의 시기와 양상은 저마다 다를 테지만, 우리 모두에게 슬럼프는 언제든 찾아온다. 슬럼프란 불운한 누군가에게 느닷없이 떨어지는 재앙이 아니라, 해가 나면 그림자가 드리우는 것처럼 인생의 또다른 측면일 뿐이다.

슬럼프란 선생님은 평생에 걸쳐 계속 나를 찾아올 것이다. 그렇다면 나는 그 선생님과 친하게 지내고 싶다. 나에게 슬럼프는 인생길의 장애물이 아니라 나를 겸허하게 만들어주는 스승이다.

일찌감치 좋은 친구들과 연극무대에서 배우로 사는 연습을 할 수 있었다는 것 외에도 나에겐 감사한 일이 하나 더 있다. 내가 어릴 때부터 배우와 한집에서 살 수 있었다는 점이다.

우리집에서는 아주 오래전부터 텔레비전을 켜면 아버지가 나왔다. 나는 아버지와 함께 친척 집에 가거나 어른들을 만나면서, 아버지가 사람들을 어떻게 대하는지, 또 사람들이 아버지를 어떻게 대하는지 볼 수 있었다. 배우의 삶이 어떠한 것인지 어릴 때부터 아주 자연스럽게 보고 배우면서 자랐다. 그래서 내가 배우가 되었을 때 나의 삶에 당황하지 않았다. 어디를 가더라도 나를 알아보는 사람들이 있는 상황이 낯설지 않았다. 가족과 친척들도 아버지를 계속 보아 왔기 때문에 내가 배우라고 해서 별나게 대하지 않았다. 우리에게는 모든 것이 자연스러운 일이다.

숲에서 크는 어린 나무들은 도심에 옮겨 심은 어린 가로수와는 달리 훨씬 더 단단하게 성장하고 오랜 세월을 산다고 한다. 키 큰 어른나무들이 뜨거운 빛을 적당히 통제해주어 튼튼하게 자라는 법을 배우는 것이다. 나무들이 모여 있으면 서로 영양분을 나누면서 성장한다. 이렇게 나무들은 숲이라는 공동체를 이루고, 어린 나무는 그 안에서 기후의 변화에 휘둘리지 않고 뿌리를 뻗어간다.

아버지뿐 아니라 나와 오랫동안 만나고 함께 일해온 모든 사람들이 내게는 마치 숲처럼 느껴진다. 해가 너무 뜨겁거나 바람이 불 때 걸어들어갈 수 있는 숲을 마련하는 것, 어쩌면 배우뿐 아니라 모든 생명들에게 꼭 필요한 일인지도 모르겠다.

내가 만난 노력의 장인들

노력의 밀도를 생각한다

그동안 나름대로 열심히 노력하며 살아왔다고 생각했는데, 이것이 터무니없이 부족했음을 느낀 적이 있다. 이탈리아 여행을 가서 시스티나 성당의 천장에 그려진 미켈란젤로의 〈천지창조〉를 보았을 때다. 압도적인 감동이 몰려온 이후에 나에게 찾아든 감정은 부끄러움이었다. 미켈란젤로는 이 천장화를 그리기 위해 수년간 매일 고개를 젖히고 작업하느라 나중엔 목뼈가 비틀려 평생을 고생했다고 한다. 무리한 작업을 강행한데다 수시로 물감이 눈에 들어가서 나중엔 시력도 거의 잃었다. 인간계가 아니라 마치 천상계의 예술품처럼 보이는 미켈란젤로의 그림 아래서, 나는 한낱 작은 인간이 신성한 하늘에 닿기 위해 감내했을 고통과 노력에 숙연해졌다.

동시대를 살아가는 훌륭한 영화인들에게서도 나는 노력과 기본기를 배운다. 박찬욱 감독의 〈아가씨〉를 찍으며 나는 거장의 치밀함을 가까이에서 보고 느꼈다. 그는 엄청나게 노력하는 감독이면서, 동시에 노력의 밀도가 다른 예술가였다. 그 치밀함은 그저 세심하고 예민한 성미에서 나온다기보다는 영화를 대하는 태도 자체가 완전히 다르기 때문이라는 것을 깨달았다.

예를 들어 영화 〈아가씨〉가 완성되기까지는 7년이 걸렸다. 박찬욱 감독은 세라 워터스의 소설 『핑거 스미스』를 읽고 영화화하기 위해 열심히 시나리오 각색을 했고 결국 완성했다. 그런데 그렇게 어렵게 완성한 시나리오를 읽고서 그가 내린 결론은 이랬다.

'아직 때가 아니다.'

스스로의 기준에서 시나리오의 완성도가 못 미친다고 판단한 것이다. 그래서 그는 미국으로 가서 〈스토커〉를 먼저 찍었고, 돌아와 원점에서 다시 각색을 시작했다.

캐스팅된 후 〈아가씨〉 시나리오를 읽어보니 내가 맡은 백작의 대사는 거의 70퍼센트가 일본어였다. 일본어 분량이 많은 역할은 나뿐만이 아니었다. 그런데 이상하게도 시나리오에 한국어 독음이 하나도 달려 있지 않았다. 박찬욱 감독의 주문은 일본어 대사를 소화할 때 금붕어처럼 한국어로 음만 따라할 게 아니라, 히라가나와 가타카나를 미리 공부해서 하나하나가 어떻게 발음되고 연결되는지 다 알아야 한다는 것이었다. 이 정도로 배우에게 요구하는 사항마저 차원이 다른 영화인이 박찬욱 감독이다.

나는 즉각 일본어 공부를 시작했다. 크랭크인 4개월 전부터 일주일에 네 번, 1회차에 두 시간씩 일본어 수업을 받았다. 일본어 수업은 제작사에서 이루어졌는데 벽면에 배우들의 이름과 진도표가 붙어 있었다. 그리고 수업이 끝나면 매번 수업 성취도가 감독에게 보고되었다. 매일 일본어를 쓰고 읽으면서, 한음 한음 진짜 일본인처럼 발음하기 위해 노력했다.

대본 리딩만 30여 회. 그런데 여기서도 박찬욱 감독의 디테일을 느낄 수 있었다. 배우들의 일본어 발음과 억양이 자연스러운지 체크하기 위해 일본인이 대본 리딩 자리에 동석한 것이다. 그런데 한 명이 아니었다. 말이란 개인의 습관, 출신지, 성별, 세대에 따라 미세하게 달라지기 때문에 한 사람이 평가할 경우 그 사람의 언어 습관에 치우친 결과가 나올 수 있다. 박찬욱 감독은 성별과 나이, 직업 등의 변수를 모두 고려하여 일본 남자 배우, 일본 여자 배우, 재일

교포, 교수 등 총 6명의 일본인이 각 배우의 일본어 대사를 듣고 일일이 코멘트할 수 있도록 준비했다. 그후 각각의 일본인이 관찰하고 평가한 6개의 보고서가 작성되었고, 그에 따라 다시 수업량이 결정되었다.

발음에 대한 박찬욱 감독의 완벽주의는 비단 외국어 대사에만 적용되는 것은 아니다. 박찬욱 감독은 한글의 장음과 단음까지 가려듣는다. 배우는 이 부분까지도 체크해서 대사를 쳐야 한다. 영화에 쓰일 배경음악도 배우들에게 미리 가이드 음악을 주어서 처음부터 끝까지 듣게 했다. 또 배우들에게 해당 영화미술 콘셉트와 비슷한 분위기의 화집을 선물해주면서 '우리 세트는 이런 분위기와 때깔을 지닌 공간이 될 것이다'라고 예고해주었다.

오디오 상태가 떨어지거나 배우의 발음이 부정확한 부분, 혹은 소리가 누락된 부분을 재녹음하는 후시 녹음작업에서도 박찬욱 감독은 달랐다. 일반적으로 후시 녹음은 이삼 일 정도면 끝난다. 하지만 〈아가씨〉의 후시 녹음은 약 2주간 이어졌다. 무엇 하나 허투루 넘어가지 않았다. 대사 하나하나 이잡듯이 바느질하듯이 녹음이 이루어졌다.

보통 '노력'이라는 단어를 떠올리면 가능한 한 많은 시간과 자원을 들여서 그 안에서 최선의 결과를 뽑아내는 모습이 상상된다. 하지만 노력은 그 방향과 방법을 정확히 아는 것으로부터 다른 차원으로 확장될 수 있다. 박찬욱 감독은 노력의 방향과 방법을 아는 감독이었고, 노력의 밀도를 높임으로써 모든 작품에 자신만의 인장印章을 새겨넣었다. 물론 〈아가씨〉 대본 리딩 현장에서 나는 매번 시험 치는 심정이 들어서 어마어마한 스트레스를 받기도 했지만, 돌아보면 이 과정을 통해 일본어 실력뿐만 아니라 내 노력의 밀도도 갱신할 수 있었다.

배우란 선택받는 직업이다. 제아무리 혼자 노력해봐도 감독과 관객의 선택을 받지 못한다면 그 배우는 영화에 출연할 수 없다. 그러다보니 신인배우들은 그 선택을 받기까지 긴 시간을 기약 없이 기다려야 한다. 그 시간 속에서 아무것도 할 수 없을 것 같고, 이 길이 내 길이 아닌가보다 의심하고 자학하는 시간이 찾아오기도 한다. 그러다 천금 같은 오디션 기회를 얻어 만반의 준비를 했다가 떨어지면, 좌절감은 더 커진다. 그가 간절하게 기다려온 세월에 비해 오디션의 순간은 너무도 짧기 때문이다.

후배들이 그런 고민을 털어놓을 때면 가슴이 아프다. 내게도 당연히 그런 시간이 있었다. 정해진 스케줄도, 무대도 없기에 아침에 일어나면 당연히 아무런 할 일이 없었다. 만날 사람도 없고, 약속도 없다. 더 가혹한 건 이런 날들이 언제 끝날지 모른다는 것이다. 무기력과 우울의 늪에 빠지기 딱 좋은 시기다.

그때 나는 우선 운동이라도 열심히 하자고 생각했다. 처음 봤을 때 에너지가 느껴지는 사람들이 있다. 몸에 활력이 넘치고 표정도 생생하다. 배우에게 그 첫인상은 무엇보다 중요하다. 오디션이 번개 같은 찰나의 순간에 결정된다면, 나는 그 찰나의 순간을 어떻게든 잡아채고 싶었다. 오디션은 삼 분 안에 결정되는 잔혹한 경쟁이지만, 보석은 그 짧은 시간에도 스스로 빛을 발한다고 믿었다. 내 몸에 기운과 에너지를 늘 충만하게 유지하기 위해서는 운동이 반드시 필요하다고 생각했다. 그래서 나는 그 막막했던 시절, 헬스클럽만 총 세 군데를 다녔다. 한 군데는 친구 아버지가 하는 곳이라 공짜로 이용할 수 있었고, 또 한 군데는 한남동에 저렴한 곳이 있기에 냉큼 등록했다. 그리고 세번째로는 시설 좋은 강남 헬스클럽의 평생회원권을 70만 원에 양도받아서 수시로 나갔다. 누가 보면 흡사 블록버스터 액션 영화라도 준비하는 배우처럼 악착같이 운동했지만, 사실 그 당시 나에게는 딱히 할 일이란 게 없었다. 별일 없으면 자빠져 있지 말고 걷기라도 하자는 것이 유일한 나의 생활 신조였다.

운동 시간 외에는 친구들에게 전화를 돌리면서 오디션 정보를 수집하고 공유했다. 영화도 계속 보았다. 배우에게는 영화를 보는 것도 공부이니 하루에 서너 편씩 몰아서도 보고 같은 영화를 계속 돌려보기도 했다. 백 번 넘게 돌려보면서 외우다시피 한 장면을 길을 걷는 동안, 누군가를 기다리는 동안, 혼자 있는 동안 되새김질했다. 또 일주일에 몇 날을 정해놓고 영어와 피아노도 배우기 시작했다. 언제 어떤 배역을 맡을지 모르기 때문에 무엇이든 준비가 되어 있으면 나중에 도움이 되리라 생각했다.

밤이면 집에 들어가기 전에 한강을 따라 걸으면서 하루 일과를 정리했다. 그때 평균적으로 하루에 여섯 시간씩은 걸어다녔던 것 같다. 걸으면서 흐트러진 마음을 가다듬었다. 배우란 분명 선택받는 직업이지만, 그 선택받을 수 있는 무대까지 걸어가는 것은 내 두 다리로 할 수 있다고 믿었다.

"최선을 다해 노력하고 있습니다."

위기와 절망 속에 있을 때 많은 이들이 이렇게 말한다. 그러나 나는 때로 내가 생각하는 최선의 노력이 최선이 아닐 수도 있다고 의심한다. 어쩌면 이 상황을 타개할 방법도 모른 채 힘든 시간을 그저 견디고만 있는 것을 노력이라 착각하진 않는지 가늠해본다.

적절한 비유가 될지 모르겠지만, 나무 아래서 감이 떨어지길 기다리고만 있는 경우가 의외로 많기 때문이다. 입을 크게 벌리고 부동자세로 감이 떨어지길 계속 기다리자니 턱이 아프고 온몸이 저리다. 간절히 기다리는 감은 떨어질 기미도 안 보이고, 나무에서는 온갖 벌레만 내려와서 약 올리듯 몸을 기어다닌다. 근질거리고, 당연히 고통스럽다. 노력을 하지 않았다고 볼 수는 없다. 어마어마한 고통을 감당하면서 분명 어떤 노력을 하긴 했다. 그렇지만 다른 방법들, 이를테면 나무 위로 올라가서 나뭇가지를 자르든, 온 힘을 다해 나무둥치를 흔들든, 마을로 내려가 장대를 가져와서 감을 따든, 그 시간에 다른 일들을 시도해볼 수도 있었을 것이다.

지금 고통받고 있다고 해서 그것이 내가 곧 노력하고 있는 것이라고 착각해서는 안 된다. 혹시 내가 정류장이 아닌 곳에서 오지 않을 버스를 기다리는 건 아닌지 수시로 주변을 돌아봐야 한다.

살아가면서 나는 지금까지 내가 해온 노력이 그다지 대단한 게 아님을 깨닫는 순간들을 수없이 맞게 될 것이다. 정말 최선을 다한 것 같은 순간에도, 틀림없이 그 최선을 아주 작아지게 만드는 경험을 하게 될 것이다. 엄청난 강도와 밀도로 차원이 다른 노력을 하고 있는 사람들을 만날 새로운 날들이 기다려진다.

작업은, 작품은 정직하다. 몸을 움직인 만큼 정직하게 앞으로 나아가는 걷기처럼, 작품과 작업도 결코 '야료'를 부리지 않는다.

나는 그 정직성을 믿는다.

걷는 자를 위한 기도

인간의 조건

경부고속도로를 지나다가 이런 문장을 보았다.
"기도할 수 있는데 왜 걱정하십니까?"
그동안 이 길을 여러 번 오갔으니 아마 몇 번은 보았을 텐데, 어느 날 갑자기 눈에 밟힌 이 문장이 두고두고 마음에 남았다. 삶에서 내가 어떤 시련을 만난다 하더라도, 그래, 내가 기도할 수 있다면 그것만으로 이미 충분하다는 생각이 들었다.

나는 기독교인이다. 일요일 아침마다 교회에 나가 기도하고, 자기 전에 기도하고, 촬영장에 가기 전에 기도하고, 순간순간 사람들을 만나고 돌아올 때 기도한다. 나에겐 기도란 먹고 숨쉬고 걷는 것과 다름없는 일상이다. 하지만 다른 종교를 믿더라도 혹은 아예 종교가 없더라도 기도는 누구나 할 수 있다.

가끔 내가 살아온 과거를 돌아보면 덜컥 무서워질 때가 있다. 나는 정말 아무것도 아닌데, 어떤 힘이 이끌어 내가 여기까지 큰 탈 없이 오게 되었을까? 이름 앞에 붙는 수식어들이 감사한 만큼이나 때로는 겁이 난다. 그동안 단지 운이 좋았던 것만 같아서, 그런데 앞으로도 그럴 수 있을까 싶어서……

물론 허투루 살아온 것은 아니다. 언제나 좋은 배우가 되기 위해, 또 좋은 사람이 되기 위해 최선을 다해 열심히 살려고 노력해왔다. 그러나 그런 노력이 온전히 결과에까지 이어지지 않는 경우도 있다는 것을 점점 받아들이고 있다. 너무도 보잘것없는 나라는 사람. 그런 내가 수많은 사람들을 만나고 또 수많은 우연들을 경험하면서 살아가고 있다. 그 수많은 관계 속에서 나의 노력이란 지극히 일부이고 또 결정적이진 않다는 것이 나는 더이상 놀랍지 않다. 가끔은 어떤 결과가 내가 열심히 해서 이루어낸 성과이고 노력에 대한 보상이라고 착각할 때도 있었지만 이제는 분명히 안다. 나의 미약한 힘이 미치는 범위란 형편없이 좁다는 것을.

이 사실을 깨달으면서 나는 의식적으로 기도를 더 열심히 하게 되었다. 돌아보고 싶었고, 겸허해지고 싶었고, 솔직해지고 싶었다. 비단 신을 믿지는 않더라도 삶에 큰 영향을 미치는 우연이나 예상치 못한 변수 등 외부에서 오는 절대적인 힘을 경험한 적이 있는 사람이라면, 아마 내 마음을 이해할 것이다. 내가 아무것도 아니라는 것을 깨닫자 나에게 남은 것은 최선을 다해 살아가는 일과 기도뿐이라는 사실을.

과거의 어떤 시간에는, 그저 촬영장에서 사람들을 기쁘게 만나고 설레는 마음으로 일할 수 있기를 기도했다. 내가 매너리즘에 빠져 있다는 생각 때문이었다. 잘하고 성공하는 것보다 그저 촬영장에서 하루하루 행복하다고 느끼는 일, 몰입의 기쁨을 느끼는 일이 더 절실했다. 또 언젠가는 영화 제작과 관련해서 만난 누군가를 위해 기도했다. 그동안 열심히 준비했던 일들이 잘 풀리지 않아서 그가 몹시 힘든 시간을 보냈다는 사실을 알았기 때문이다. 그래서 지금 준비중인 프로젝트에 모든 것을 걸었음을, 그의 절박함을 느낄 수 있었다. 함께 점심을 먹고 헤어져 돌아오는 길에, 마음속으로 그의 일이 부디 순조롭게 풀려 좋은 결실을 맺을 수 있길 기도했다.

하지만 언젠가부터 내 기도의 내용이 조금 바뀌었다. 요즘 나는 기도할 때 내 소원을 열거하지 않는다. 그저 신이 내게 맡긴 길을 굳건히 걸어갈 수 있도록 두 다리의 힘만 갖게 해달라고 기도한다.

삶은 그냥 살아나가는 것이다. 건강하게, 열심히 걸어나가는 것이 우리가 삶에서 해볼 수 있는 전부일지도 모른다. 내가 아무리 고민하고 머리를 굴려봤자 인간이 할 수 있는 일에는 분명 한계가 있다. 이렇게 기도한 이후로 이상하게 조금 더 마음이 편해졌다. 무슨 일에든 더 담대해질 수 있었다. 내가 아무리 발버둥쳐도 어찌해볼 수 없는 일들이 있다는 명백한 사실은, 내게 포기나 체념이 아니라 일종의 무모함을 선물해주었다. 나는 나에게 주어진 길을 그저 부지런하게 갈 뿐이다.

살면서 불행한 일을 맞지 않는 사람은 없다. 나 또한 마찬가지일 것이다. 인생이란 어쩌면 누구나 겪는 불행하고 고통스러운 일에서 누가 얼마큼 빨리 벗어나느냐의 싸움일지도 모른다. 누구나 사고를 당하고 아픔을 겪고 상처받고 슬퍼한다. 이런 일들은 생각보다 자주 우리를 무너뜨린다. 그리고 그 상태에 오래 머물면 어떤 사건이 혹은 어떤 사람이 나를 망가뜨리는 것이 아니라 내가 나 자신을 망가뜨리는 지경에 빠진다. 결국 그 늪에서 얼마큼 빨리 탈출하느냐, 언제 괜찮아지느냐, 과연 회복할 수 있느냐가 인생의 과제일 것이다. 나는 내가 어떤 상황에서든 지속하는 걷기, 직접 요리해서 밥 먹기 같은 일상의 소소한 행위가 나를 이 늪에서 건져내준다고 믿는다.

내게 주어진 재능에 겸손하고, 이뤄낸 성과에 감사하자. 걸으며, 밥을 먹으며, 기도하며 나는 다짐해본다.

티베트어로 '인간'은 '걷는 존재' 혹은 '걸으면서 방황하는 존재'라는 의미라고 한다. 나는 기도한다. 내가 앞으로도 계속 걸어나가는 사람이기를. 어떤 상황에서도 한 발 더 내딛는 것을 포기하지 않는 사람이기를.

티베트어로 '인간'은 '걷는 존재' 혹은

'걸으면서 방황하는 존재'라는 의미라고 한다.

나는 기도한다.

내가 앞으로도 걸어나가는 사람이기를.

어떤 상황에서도 한 발 더 내딛는 것을

포기하지 않는 사람이기를.

SPECIAL
THANKS
TO

퀸시 존스
–
레이 찰스
–
스티비
원더
–
마이클
잭슨
–
휘트니
휴스턴
–
나스
–
카니예
웨스트
–
르브론
제임스
–
마이클
조던

스카티
피펜
–
데이비드
로빈슨
–
하킴
올라주원
–
제임스 하든
–
코비
브라이언트
–
로버트
드니로
–
알 파치노
–
코엔 형제
–
프란시스
포드
코폴라

마틴
스코세이지
–
매슈
매코너헤이
–
우디
해럴슨
–
우디 앨런
–
추신수
–
에디트
피아프
–
파블로
피카소
–
잭슨 폴록
–
장미셸
바스키아

베르나르
뷔페
–
키스 해링
–
샤킬 오닐
–
리사 오노
–
스탄 게츠
–
니콜라스
케이지
–
닥터 드레
–
에이미
와인하우스
–
찰리
채플린

걷는 사람, 하정우

1판 1쇄 2018년 11월 23일
1판 31쇄 2024년 2월 28일

지은이 하정우

책임편집 이연실 | 편집 김소영 | 디자인 고은이
저작권 박지영 형소진 최은진 서연주 오서영
마케팅 정민호 서지화 한민아 이민경 안남영 왕지경 정경주 김수인 김혜원 김하연 김예진
브랜딩 함유지 함근아 고보미 박민재 김희숙 박다솔 조다현 정승민 배진성
제작 강신은 김동욱 이순호 | 제작처 영신사

펴낸곳 (주)문학동네 | 펴낸이 김소영
출판등록 1993년 10월 22일 제2003-000045호
주소 10881 경기도 파주시 회동길 210
전자우편 editor@munhak.com | 대표전화 031)955-8888 | 팩스 031)955-8855
문의전화 031)955-2696(마케팅) 031)955-1905(편집)
문학동네카페 http://cafe.naver.com/mhdn
인스타그램 @munhakdongne | 트위터 @munhakdongne
북클럽문학동네 http://bookclubmunhak.com

ISBN 978-89-546-5381-7 03810

* 이 도서의 국립중앙도서관 출판예정도서목록(CIP)은 서지정보유통지원시스템 홈페이지(http://seoji.nl.go.kr)와 국가자료종합목록 구축시스템(http://kolis-net.nl.go.kr)에서 이용하실 수 있습니다.
(CIP 제어번호: CIP2018036562)

* 잘못된 책은 구입하신 서점에서 교환해드립니다. 기타 교환 문의 031)955-2661, 3580

www.munhak.com